www.tredition.de

AF202944

René Eichenberger

Mein Name ist René

Geschichten die das Leben schrub

www.tredition.de

© 2016 René Eichenberger

Verlag: tredition GmbH, Hamburg

ISBN
Paperback: 978-3-7345-7775-8
Hardcover: 978-3-7345-7776-5
e-Book: 978-3-7345-7777-2

Printed in Germany

Cover: Markus Kuhn, www.k-plus-h.ch/

Illustrationen: Cla Gleiser, www.verstaendlich.ch

Dank

Eigentlich sollte dieses Buch schon lange geschrieben worden sein. Jedes Mal, wenn ich während der letzten Jahrzehnte Freunden beim geselligen Zusammensein einige der teilweise unglaublich anmutenden Sequenzen erzählte, baten sie mich, doch mal ein Buch über meine gesammelten Erlebnisse zu schreiben. Aber wie es meistens so ist mit Ideen dieser Art, verwirklichen tut man sie selten. Sie bleiben einfach ein schöner Traum. Mir und diesem Buch wäre es beinahe auch so ergangen. Wäre da nicht Nöggi[1] gewesen. Ein Zürcher Oberländer, ein stiller Held des Alltags, den ich bei meiner Arbeit kennenlernte. Ein einfacher Mitarbeiter in der Spedition eines international tätigen Familienunternehmens. Einer, der im blauen Kittel seit Jahren zuverlässig seinen Job erledigt. Universell einsetzbar. Einer, der für die Mitarbeiter Jass-, Fussball- und Tischtennisturniere organisiert, ohne selber mitzuspielen. Wenn er mitspielen würde, würde er die Turniere eh meistens gewinnen. Und das ist ihm nicht wichtig. Nöggi ist einer, der bewusst auf Karriere verzichtete, weil er nur 80% arbeiten will, um all seine vielen Hobbys pflegen zu können. Vor vielen Jahren begann er mal damit, Billard zu spielen. Sechs Jahre später war er Vizeeuropameister im Pool-Billard. Mir wurde gesagt, dass er auch ein exzellenter Fussballer und Windsurfer sei. Heute fliegt er mit einem Modellsegler beinahe 500 Kilometer schnell durch die Lüfte. Hier hat er buchstäblich noch etwas Luft gegen oben, da der Weltrekord bei etwas über 700 km/h liegt. Aber ich bin überzeugt, dass Nöggi sich auch hier weiter der Spitze nähern wird. Einfach weil es im unglaublich Spass macht. Als ich ihm über all die Jahre hinweg ein paar meiner Geschichten erzählte, bat er mich im Herbst 2015, endlich mein Buch zu schreiben. Es war kurz bevor er für drei Wochen in Urlaub fuhr. Als er zurückkam, war dieses Buch geschrieben.

Ich widme es all den unscheinbar scheinenden echten Helden des Alltags. Mögen sie den Mut bewahren, so zu sein, wie sie sind, und mögen sie ihre Ideen durchziehen, all den gesellschaftlichen Zwängen zum Trotz.

Amden, Herbst 2016

Vorwort

Schon in früher Kindheit wurde ich mit den Härten des Lebens konfrontiert. Der frühe Tod meines Vaters war für mich lange Zeit fast nicht zu ertragen. Ich war eines dieser Kinder, die sich schon früh ihre eigene Welt erschufen und auf der Basis eines wenig ausgeprägten Urvertrauens immer wieder um ihre Existenzberechtigung gekämpft haben. Dieser dauernde Kampf, das Beobachten des Lebens der anderen, das Dazugehören-Wollen hat mir in den ersten 35 Jahren meines Lebens unglaublich viele Erfahrungen, auch Grenzerfahrungen ermöglicht und hat zu vielen skurrilen Erlebnissen geführt, die ich hier mit Euch Lesern teilen möchte. Erlebnisse aus früher Kindheit, rebellische Erfahrungen in der Schule der 60er Jahre, wo ich mich aufgrund eines fehlenden Vaters immer wieder mit den Autoritäten anlegte, wilde Erfahrungen im Dunstkreis der Drogen während den 70ern, äussere Erfahrungen während Reisen in fernen Ländern und Kulturkreisen und innere, in der von Bhagwan geprägten Selbsterfahrungsphase in den 80er Jahren. So gesehen ist das Buch auch ein Stück Zeitgeschichte mit einer grossen Portion Bern drin, einer wunderbaren, alten Stadt, im Zentrum der Schweiz gelegen, wo Schnelligkeit nicht zu den gelebten Qualitäten der Bürger zählt, ja, wo Entschleunigung quasi Programm ist.

Ich bin einer dieser anfangs kurz beschriebenen Menschen, einer derjenigen, die damit raus gingen, die sich damit schonungslos auseinandersetzten. Viele davon leben in irgendwelchen versteckten Welten am Rand der Gesellschaft. Ihnen möchte ich den Wunsch mitgeben, den Mut zu haben, zu ihrer so empfundenen Andersartigkeit zu stehen und ihre häufig erfrischenden und überraschenden Qualitäten in die Gesellschaft einzubringen. Die sogenannten anderen sind Euch dankbar dafür!

Teil 1 – Die frühen Jahre

Meine Kindheit war geprägt von Eifersucht

Erstens war mein Bruder zwei Jahre vor mir geboren und machte mich zum ewigen Zweiten. Und zweitens kam nach mir ein
süsses Schwesterchen auf die Welt, auf das sich meine Eltern
schon lange gefreut hatten. Anders lässt sich die Tatsache nicht
erklären, dass mich meine Eltern ganz früh in Mädchenkleider
steckten, was in Kombi mit meinen süssen blonden Locken eine
engelsgleiche Wirkung zur Folge hatte. Dieser Engel kam dann
als Teenie wieder zum Tragen. Aber dazu später mehr.

Da mein zweieinhalb Jahre älterer Bruder Bruno eh die meiste
Zeit für mich unerreichbar war, konzentrierte ich mich auf

meine Schwester Susi. Als sie mal so als kleiner Engerling im Kinderwagen lag, direkt neben dem Sandkasten postiert, unternahm ich meinen ersten Versuch, sie wegzuräumen. Ich füllte einen kleinen Kessel mit Sand und kippte ihn über ihr hübsches Gesichtchen. Das laute Husten zwang meine Mutter in den Garten, wo sie zuerst mein Schwesterchen vom Sand befreite und mir danach eins hinter die Ohren gab. Diese Strafe förderte meine Liebe zur Schwester in keinerlei Weise. Als sie etwas grösser war, jagte ich Susi häufig die Holzwendeltreppe im Haus drin hoch und drohte ihr, sie in den Mülleimer, in der Schweiz damals als Ochsner-Kübel bekannt, zu stecken. Hei, wie sie jeweils schrie. Wie am Spiess. Das machte mir mächtig Spass. Mein Vater war damals Vertreter von Samen Mauser, einem führenden Samen- und Düngerhändler aus Zürich. Er war für das Schweizer Mittelland zuständig und lieferte hervorragende Verkaufszahlen. Das hatte zur Folge, dass er für mich eigentlich nie erreichbar war. Auch nicht, wenn er zuhause war. Da steckte er in seinem Büro und arbeitete weiter.

Eines Tages fand ich im Keller sogenannte Düngerplättchen rumliegen, die wie braun-grüne Bonbons aussahen. Also brachte ich Susi ein solches Bonbon, welches sie sofort dankbar in ihr Mündchen stopfte. Schon bald schrie sie laut auf. Nach kurzem Nachfragen fand meine Mutter raus, was gelaufen war, und fuhr schnurstracks zum Kinderarzt, um Susis Magen auszupumpen. Als mein Vater nach Hause kam, informierte ihn meine Mutter über den Tatbestand. Obwohl ich davonlief, erwischte mich mein Vater im Garten. Er zerrte mich in die Garage, liess mir die Hosen runter, zog seinen Gurt von der Hose und schlug mir damit meinen Allerwertesten grün und blau. Kein Wunder, dass ich meinen Vater nicht wirklich gerne hatte. Ich war schon in einer blöden Situation. Niemand hatte mich richtig gern, obwohl ich's ja so gebraucht hätte. Also begann ich, mir meine eigene Welt zusammenzubasteln.

Unbeschwerte Jahre am Hübeliweg

Ich wuchs in einer Einfamilienhaus-Gegend auf. Die Häuschen waren alle im selben 50er Stil gebaut und verfügten über fünfeinhalb relativ kleine Zimmer. In dieser Zeit hatten die meisten Familien vier Kinder, das war damals die Norm. In dieser Zeit war es gang und gäbe, dass sich jeweils zwei Kinder ein Zimmer teilten. Das Schöne daran war für mich der dauernde Austausch mit meinem Bruder Bruno. Wir erzählten uns nachts viele Geschichten, als jeder unter seiner Decke lag. Ich schloss jeweils die Augen und liess meiner Fantasie freien Lauf. Unser direkter Nachbar Weber hatte auch vier Kinder, praktisch im selben Alter wie wir. Herr Weber war Zürcher und Buchhalter. Wir hatten keine enge Nachbarschaft, aber auch nie Probleme miteinander. Man war füreinander da, wenn es nötig war, und half sich gegenseitig, liess sich aber sonst in Ruhe. Als ich so vier

Jahre alt war, kam der gleichaltrige Kurt auf mich zu und wollte kämpfen. Da er kräftig und ich sehr dünn war, gab er mir dabei richtig auf die Kappe. Ich vermied fortan weitere Kämpfe mit ihm, die er auch nicht mehr suchte, da er ja jetzt der Platzhirsch war. Wir gingen später zusammen in die Schule, wurden aber nie wirkliche Freunde. Wir waren viel zu verschieden. Ich befreundete mich aber mit Bärnu[2], dessen Vater in unserem Dorf zwei Ziegeleien betrieb, welche mit einer Transportbahn untereinander sowie mit einer zentral gelegenen Lehmgrube verbunden waren. Wir spielten oft da herum. In der Grube gab es auch einen kleinen See, der im Winter schnell zufror. Da spielten wir dann Eishockey, was immer ein Riesenspass war, bis mir mal einer den Puck mit voller Wucht in meine späteren Kronjuwelen schoss. Da sah ich nur noch Sternchen. Ein Kollege klärte mich dann auf und sagte: „Kauf Dir doch einen Glöggeler[3] – jeder Eishockeyspieler trägt einen!"

Bärnu war während mehrerer Jahre mein bester Freund. Er war richtig cool und sah auch sehr gut aus mit seinen braunen, gut geschnittenen Haaren. Mit ihm zusammen rauchte ich die ersten Zigaretten. Wir zogen uns jeweils ein Paket *Twenty* am Automaten und pafften, bis uns speiübel wurde davon. Dabei mussten wir immer aufpassen, dass uns niemand sah. Das war aber auch das wirklich Coole daran. Etwas Verbotenes zu tun, darum ging es!

Mein Vater Ernst und meine ernste Beziehung zu ihm

Mein Vater arbeitet wirklich sehr hart für seinen Erfolg, kriegte aber bei Samen Mauser immer mehr Probleme mit Mitarbeitern und Chefs, die ihm seinen Erfolg missgönnten. Darum suchte er sich eine neue Stelle und verkaufte fortan Elektroden fürs Schweissen, was ihm als gelernter Gärtner nicht ganz so einfach fiel. Aber er war weiterhin sehr erfolgreich. In der Zwischenzeit kam noch Doris, meine jüngste Schwester auf die Welt. Sie war

eigentlich nicht mehr geplant gewesen. Nun wurde es ein bisschen eng im aus dem Vermögen meiner Mutter finanzierten Ein-
familienhaus und mein Vater erfüllte sich einen lang gehegten
Wunsch, ein wunderschön gelegenes Haus in Hilterfingen, mit
wunderbarem Blick auf den Thunersee und den Niesen vis à vis,
einen bekannten, pyramidenförmigen Ausflugsberg im Berner
Oberland. Ich war mit Papa nur einmal auf der Baustelle, die wir
eigentlich gar nicht hätten betreten dürfen. Es war einer der wenigen Momente, wo ich meinen Vater ganz für mich hatte, und
ich fand es abenteuerlich spannend, mit ihm zusammen durch
das Haus zu gehen und der Fantasie freien Lauf zu lassen. Ich
hätte ein eigenes Zimmer mit Seeblick erhalten, was mir natürlich sehr gut gefiel.

Mein Vater hatte ein sehr aufbrausendes Temperament, das ich
von ihm erbte. Ich war als Kind jähzornig und auch ein schlechter Verlierer im Spiel. Wenn ich beispielsweise bei Eile mit

Weile[4] am Verlieren war, wurde ich sauer, fegte die Figuren vom Tisch oder zog gleich die ganze Tischdecke weg und das Spiel lag am Boden. Einmal hatte mich mein Vater so wütend gemacht, dass ich den Kopf so stark gegen die Doppelscheibe des Wohnzimmers schlug, dass sie zersplitterte und ich darin stecken blieb. Papa musste die restlichen noch im Holzrahmen steckenden Glasteilchen mit einem Spachtel mühsam entfernen, während ich dabei möglichst ohne Regung bleiben musste, um mich nicht zu verletzen. Papa Ernst war oft im Clinch mit meiner Mutter, die eine sehr starke Frau war. Wenn die beiden Streit hatten, schlossen sie die Türe. Wir Kinder sassen dann ganz nahe beieinander, versuchten durchs Milchglas zu erkennen, was da vor sich ging. Die Konflikte der beiden wurden immer sehr lautstark ausgetragen. Wie ich über eine Tante erst viel später rausfand, hatte mein Vater 12 Jahre bevor er mit meiner Mutter zusammenkam, ein Kind mit einer Frau aus Polen. Er war damals Gärtner und sie Hausmädchen in einem Hotel im Wallis. Als mein Papa meine Mutter Hedwig kennenlernte, wurde sie schnell schwanger und sie heirateten ein paar Monate später. Damit war Vaters Traum, die Gründung einer Rosenfarm in Perth, Australien, definitiv ausgeträumt. Dies alles, der grosse Stress bei der Arbeit und das aufbrausende Temperament führten dazu, dass er einen Nebennierentumor produzierte, der operiert werden musste. Bei der OP passierte dann möglicherweise ein Kunstfehler, es gab eine Embolie, an der mein Vater im Alter von 47 Jahren im Tiefenau-Spital zu Bern verstarb.

Es war am 28. Juni 1964 als meine Mutter eines Morgens früh ins Zimmer von mir und meinem Bruder kam. Ganz ernst und mit roten Augen. Sie sagte nur: „Papi ist nun nicht mehr da. Jetzt müsst ihr tapfer sein." Wie vorher schon angetönt, hatte ich keine enge Beziehung zu meinem Vater gehabt. Aber ich war unsäglich traurig und fühlte ich mich von da an irgendwie unvollständig.

Später fand dann die Beerdigung statt. Ich weinte sehr. Am traurigsten aber machten mich all die Verwandten, die kamen und meiner völlig verzweifelten Mutter kondolierten. Für sie war ein Lebenstraum geplatzt. Kurz bevor der Sarg mittels einer mechanischen Vorrichtung in die Erde versenkt wurde, versuchte ich den Sargdeckel zu öffnen, um zu schauen, ob mein Vater wirklich da lag und ob er nicht doch eventuell noch atmen würde. Ich wollte seinen Tod einfach nicht wahrhaben.

Meine Mutter Hedi – eine wahrhaft starke Frau

Nun stand meine Mutter da, mit vier Kindern zwischen drei und zehn Jahren, mit einem Haus, einem relativ neuen Peugeot 404 sowie etwas Erspartem auf dem Bankkonto. Mein Vater hatte leider keine Lebensversicherung abgeschlossen, welche die finanzielle Situation etwas entschärft hätte. Mama war mit der Situation völlig überfordert und liess sich erstmal in eine psychiatrische Klinik einweisen, um zur Ruhe zu kommen und den Schock irgendwie verarbeiten zu können. Wir Kinder wurden während der folgenden Monate getrennt bei Verwandten und unseren grosszügigen Nachbarn Gimelli, welche eine Haushaltsmaschinenfirma besassen, untergebracht. Ich kam zum Onkel Toni nach Solothurn, der dort einen Bauernhof betrieb. Da ging ich dann auch zur Schule. Das gefiel mir gar nicht. Ich kannte niemanden und meine Klassenkameraden sprachen einen komischen Dialekt. Zum Glück war der Bauernhof sehr interessant. Da konnte ich rumstrolchen und viele Entdeckungen machen. Ich war sehr froh, nach einem halben Jahr wieder nach Hause zurückkehren zu können. wir Kinder freuten uns riesig, uns wiederzusehen. Vielleicht ist das der Grund dafür, dass wir vier bis heute gute Freunde geblieben sind und später nie Konflikte hatten miteinander, auch nicht bei Erbschaften. Als unsere Familie wieder zurück am Hübeliweg war, fand meine Mutter Arbeit. Zuerst 50% bei der FDP, der freisinnigen Partei der

Schweiz. Später fand sie dann ihren Traumjob bei der REKA, einer pfiffigen Institution mit eigener Währung und Feriensiedlungen für junge Familien. Meine Mutter arbeitete zuerst als Sekretärin, machte im Laufe der Jahre aber immer mehr interne Kommunikation und war Initiantin und Redaktorin des ersten Mitarbeitermagazins der REKA.

Das Bonbon-Universum schlägt zurück

Nachbar Habegger betrieb eine kleine Gärtnerei. Nach dem Tod meines Papas unterstützte Vater Habegger meine Mutter sehr. Er war Mitglied einer Freikirche und ein sehr netter und sozialer Mensch. Jedes Jahr lud er unsere ganze Familie für eine Woche in seine Ferienwohnung in Adelboden ein. Er fuhr uns in seinem Opel Kapitän hoch und holte uns eine Woche später wieder ab, wirklich sehr grosszügig. Er hatte zwei Söhne und eine Tochter. Einmal war ich mit ihm und seinem Sohn Fredi, mit dem ich die ersten 4 Jahre zusammen in die Schule ging, mit Habeggers Opel-Kutsche unterwegs. Beim Warten an einer Ampel sahen wir auf der Ablage hinter unserem Sitz eine Schachtel mit einer Art Bonbons. Fredi bot mir eins an und steckte sich das andere in den Mund. Plötzlich klagten wir beide über Bauchschmerzen und erzählten von den Bonbons. Leider entpuppten sie sich als Schneckenkörner und Habegger fuhr uns beide direkt zum Kinderarzt, der uns die Mägen auspumpte. Dazu schob uns Dr. Rentsch einen Schlauch in den Mund und dann tief in die Kehle. Das war ein wahrhaft tiefgehendes Erlebnis. Das Universum hatte sich revanchiert, wenn ich so an die frühe Zeit mit meiner Schwester Susi zurückdenke.

Fredi – Weltmeister im Kopfrechnen

Die beiden Söhne Max und Fredi waren lustige Kerle. Beide auf ihre Art etwas verrückt. Während Max am liebsten im Winter mit seinem Velo den Weg hochspulte, spielte Fredi häufig für sich alleine Fussball. Wie ein Sportreporter kommentierte er dabei das Geschehen auf dem Fussball- äh Garagenplatz. Er hielt sich an das Fernsehen und spielte gelungene Spielszenen in selber gespielter Zeitlupe nach. Fredi war schon damals ein begeisterter Fan vom Berner Fussballclub, dem BSC Young Boys, kurz YB genannt. Noch heute besucht er, gekleidet in den YB-Farben gelbschwarz, jeden Match seiner Mannschaft. Ein anderes Hobby von ihm waren Bergbahnen. Er schrieb an alle Bergbahnen der Schweiz, welche ihn mit Postern, Stellern und anderem Werbematerial eindeckten. Sein ganzes Zimmer war damit tapeziert. Zudem befanden sich auch drei Modellseilbahnen im Zimmer, mit denen er dauernd spielte. Fredi war nicht der beste Schüler, aber im Kopfrechnen war er Sonderklasse. Der Lehrer machte ab und zu spontan Kopfrechnungswettbewerbe, bei denen der erste, der es wusste, aufstehen und die Antwort ausrufen musste. Fredi stand jeweils schon nach wenigen Sekunden und schrie die Antwort förmlich raus. Ich sah ihn später nur noch selten. Ich freute mich riesig, als er 40 Jahre später an der Beerdigung meiner Mutter erschien und mich spontan umarmte. Ein wahrer Freund!

Die ersten Schuljahre – Ein mühsames Kapitel beginnt

In der Schule hatte ich immer einen Fensterplatz und konzentrierte mich mehr auf die Fauna und Flora sowie das Geschehen ausserhalb des Klassenzimmers als auf den Unterricht, der mir so was von egal war. In der zweiten Klasse verliebte ich mich in Patrizia, neben der ich eine Zeitlang sitzen durfte. Als mir jedoch ab und zu ein Furz entwich, kündigte sie mir die Nachbarschaft und die Liebe erlosch. Später kam plötzlich eine neue Schülerin in unsere Klasse. Beatrix. Ich war vom ersten Monat an hin und weg. Leider wollte sie von mir nichts wissen, was mich dazu bewog, Selbstmordpläne zu schmieden. Ich stellte mir vor, wie sie an meinem Grab stand, bittere Tränen weinte und erst dann erkannte, was sie mit mir verpasst hatte. Aber auch das ging vorbei. Ich verliebte mich schliesslich in meine Dritt- und Viertklasslehrerin, Frau Dubach. Die hatte etwas Verruchtes, schliesslich rauchte sie auch wie ein Schlot, was damals nicht der Standard war für eine junge Frau. Ich war tief enttäuscht, als ich erfuhr, dass sie was mit dem Oberlehrer Pulver hatte, der sein Pulver quasi in sie verschoss. Da starb ein Traum in mir. Am meisten litt ich zu der Zeit aber, wenn mich meine esoterische Gotte respektive Patentante aus Luzern besuchte. Sie holte mich immer in der Schule ab und küsste mich vor allen Kollegen auf die Stirn. Nachdem mir das dreimal passiert war, wich ich ihr aus. Sie staunte dann jeweils ob der Tatsache, dass ich schon vor ihr zuhause war. Es war dieselbe Gotte, die mir zu Weihnachten immer hautenge Kunstfaserpullover in den schrecklichsten Farben schenkte, welche meinen dünnen Körper noch unvorteilhafter zeigten, als er eh schon war. Ich trug die Pullover jeweils einmal und warf sie dann weg.

Da ich ein ziemlich fauler und geistig häufig abwesender Schüler war, fiel ich in der Prüfung zur Sekundarschule prompt durch. Nach einem weiteren Jahr Primarschule schaffte ich sie ein Jahr später aber dann mit Bravour. Allerdings änderte ich mein Verhalten danach in der Sekundarschule nicht, was mir nach einem Semester eine Verwarnung einbrachte und mich nach einem Jahr zwang, die Schule wieder zu verlassen. Meine Mutter schickte mich von da an auf eine Privatschule in Bern, die Feusi.

Meine ersten Berner Jahre in der Feusi

Das Gute daran war, dass ich von da an jeden Tag mit dem grünen Vororts-Bähnli, dem sogenannten Graswurm in die grosse Stadt fahren konnte. Und da gab es viel zu entdecken. Im berühmten Berner Kaufhaus Loeb waren zu dieser Zeit grad so kleine Plastic-Armbrüstli mit Saugnapfpfeilen Trumpf. Mit denen konnte man während des Unterrichts andere Schüler anschiessen. Das war ein Gaudi. Und einmal machte mein Freund Franz mit mir den Mut-Test im Bahnhof Bern. Ich musste einen Fingerhut voll Tabasco trinken. Ich rannte nachher wie eine wilde Wespe rum und hatte für einige Stunden jeglichen Geschmacksinn verloren.

In der Feusi war ich auch kein brillanter Schüler und zudem ein richtiger Störenfried. Die Schule hatte ein spezielles System entwickelt. Bei jedem Fehlverhalten eines Schülers, wie Zuspätkommen, Unterricht stören, ungenügende Noten usw. wurde ein sogenannter *Schwarzer Zettel* ausgestellt, den man dann von den Eltern unterschrieben zurückbringen musste. Ich stellte in den vier Jahren, wo ich da zur Schule ging, einen neuen Schulhausrekord auf. Das bewog mich dazu, meine Mutter zu schützen und die Zettel selber zu unterschreiben. In stundenlanger Arbeit lernte ich, die Unterschrift meiner Mutter makellos zu fälschen. Als die Schule aufgrund einer Rückfrage bei meiner Mutter, die da nur *Bahnhof verstand*, rausfand, dass ich sie jahrelang betrogen hatte, fiel ich nach 8 ½ Jahren auch zur Feusi raus. Ich hatte aber eine gute Zeit in der Berner Länggasse, wo die Schule damals beheimatet war, gehabt. Da ich den Unterricht oft störte, schmissen mich die Lehrer häufig zur Klasse raus. Da hatte ich Zeit, dieses Quartier gut kennenzulernen. Höhepunkt meiner Erkundungen war immer der Besuch der damals dort ansässigen Chocolat Tobler, wo unter anderem die weltberühmte Toblerone hergestellt wurde. Ich kriegt immer kleine Müsterchen zum Probieren. Ein anderer interessanter Ort war die

Allgemeine Bestattungs AG wo es auch immer viel zu sehen gab. Wenn ich rausgeworfen wurde, musste ich häufig an freien Mittwochnachmittagen den Pausenplatz wischen. Einmal fand ich dabei einen vollsilbernen Parker Füllfederhalter, den ich behielt und der damals mein ganzer Stolz war.

Meine Mutter musste die Privat-Schule von ihrer Witwenrente bezahlen. Drum war es für sie hart, zu sehen, wie viel Mist ich die ganze Zeit baute. Ich wusste das innerlich, konnte aber einfach gar nicht anders. Ich hatte viel Geltungsdrang, den ich einfach ausleben musste. Die Rolle des Clowns war quasi meine Positionierung in dieser Schule, in der vor allem Töchter und Söhne wohlhabender Eltern, die es in der normalen Schule nicht geschafft hatten, platziert wurden. Interessanterweise landete ich natürlich in der wildesten Klasse. Ein Mitschüler war Sohn eines erfolgreichen Metzgermeisters, der ihn regelmässig schlug wenn er nicht gehorchte. Peter, wie er hiess, war durch den rüden Umgang zuhause sehr hart geworden und trainierte auch wie ein Wilder – wahrscheinlich, um es später seinem Vater heimzuzahlen. Ich hörte jahrzehntelang nichts mehr von ihm, bis ich erfuhr, dass er ein Starfotograf geworden war, der die schönsten Models für Vogue fotografierte.

Ein anderer Kollege war Milt, ein frecher, drahtiger, rothaariger Kerl, der dauernd mit den Lehrern auf Konfrontationskurs war.

Ich hatte in der Zeit einen einzigen Lehrer, Herrn Kessler, der mich verstand, mir eine gewisse väterliche Liebe entgegenbrachte und bei dem ich auch super Noten schrieb. Kessler sah wie ein Schauspieler aus und zog sich immer sehr gut an. Er hatte richtig Stil. Leider verliess er die Schule nach einem Semester und ging in die Industrie.

Meine nervösen Zuckungen

Der Verlust von Herrn Kessler, dem adretten Mittvierziger, machte mir sehr zu schaffen. In der Zeit entwickelte ich nervöse Zuckungen, sogenannte *Mödeli*. Am Anfang äusserte es sich durch Nasenrümpfen, dann Lippen-Belecken, was im Winter zu lästigen Krusten auf den Lippen führte, die dann beim weiten Öffnen meines Mundes immer wieder zu platzen und bluten drohten. Um zu checken, ob dem auch so sei, riss ich meinen Mund testweise immer wieder bis an die Grenze auf. Dabei entwickelte sich ein weiteres *Mödeli*, das Mundaufreissen. Um es zu kaschieren, tat ich dann so, als gähnte ich und riss den Pultdeckel hoch. Als ich mich geschützt fühlte, riss ich den Mund so richtig kräftig auf und fühlte, wie ein Schütteln durch meinen ganzen Körper ging.

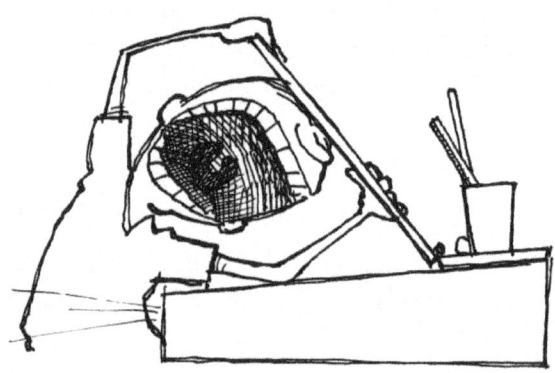

Als sich danach als weiteres *Mödeli* eine Art Glucksen einstellte – es tönte wie eine gurrende Taube – schickte mich meine Mutter zum Psychiater. Dr. Mathys, so hiess der Arzt, machte mit mir alle möglichen Tests von Farbanalysen über intensive Befragungen bis hin zum berühmten *Rorschachtest*, bei dem ich eine Art Tintenkleckse beschreiben sollte. Zusätzlich musste ich noch Farbentests machen. Scheinbar ohne Erfolg, denn der gute Psychiater entschied schliesslich, dass ich jeden Morgen und Abend über zwei Jahre hinweg je ein Valium 5 einnehmen musste, um mich zu beruhigen. Das war in der Zeit des heftigen Pubertierens nicht gerade ein Entwicklungsbeschleuniger und es machte mich auch nicht zwingend zu einem besseren Schüler. Heutzutage hätte man mir sicher Ritalin verschrieben.

In dieser Zeit bat mich mal mein Bruder Bruno zu sich ins Zimmer. Er fragte mich, ob ich schon wisse, wie das laufe mit den Männern und Frauen und klärte mich völlig unspektakulär auf, da ja kein Vater oder eine andere männliche Autorität vorhanden war.

Lehrer Brand und meine stille Rache

Das Fach, das ich am meisten hasste, war Arithmetik. Rechnen, Algebra und Planimetrie waren für mich einfach nur grauenhaft. Dieser Widerwille übertrug sich auch auf Herrn Brand, den Lehrer dieser Fächer. Leider ging er nie in die Industrie, wie es Kessler gemacht hatte, und so musste ich ihn die ganzen vier Jahre aushalten. Wir hassten uns gegenseitig. In der Auswahl seiner Strafen war er nicht sehr kreativ. Er strafte mich immer mit dem mehrmaligen Abschreiben der Hausordnung. Es war gerade in der Zeit meiner ersten Schallplatten und so schrieb ich die Hausordnung auf Vorrat zu den Klängen von *Led Zeppelin 2*. Die erste Hausordnung schrieb ich noch vollständig ab, bei den weiteren ab Seite zwei nur noch jedes zweite Wort. Dafür schrieb ich die Schrift immer breiter, so dass die Seitenzahl für alle Kopien immer die gleiche war. Lehrer Brand merkte nie was davon. Brand unterrichtete uns auch in Biologie, ein Fach das er sehr liebte. Er ging mit uns häufig raus in die Natur, um

Beobachtungen gleich vor Ort machen zu können. Einmal gingen wir Pilze sammeln. Am Schluss nahm Brand alle Pilze zu sich nach Hause. Als wir wiedermal so am Sammeln waren, entdeckte er einen hochgiftigen Knollenblätter-Pilz. Er rief uns zusammen, zeigte uns den Pilz und sagte ernst: „Das ischt ein Knollenblätter, der ischt hochgiftig!" Sogar die Sporen davon seien sehr gefährlich. An diesem Tag hatte es viele Knollenblätterpilze im Wald. Ich schnappte mir heimlich einen und legte ihn in den Korb, als mich gerade niemand sehen konnte. Brand rief uns wiederum alle zusammen für die Schlusskontrolle. Plötzlich schrie er auf: „Das isch ja ein wahrhaftiger Knollenblätter! Wer hat den hier reingelegt?!" Ich versuchte mir nichts anmerken zu lassen und freute mich, dass er den ganzen Korb meist köstlicher Pilze ausleeren musste. Zum Schluss sagte Lehrer Brand aber noch: „Ich weiss ganz genau, dass es einer von euch war. Entweder der Milt, der Hebeisen oder der Eichenberger." Wir drei blickten alle unschuldig in Richtung Himmel oder Boden. Ich sah Brand viele Jahre später wieder, als ich nebenbei Taxi fuhr in Bern. Er kannte mich nicht mehr, wohnte aber noch an derselben Strasse im Berner Botschaftsviertel. Als er bezahlte, frage ich ihn, ob er Brand heisse und ob er mich nicht mehr kennen würde. Brand war erstaunt, als ich mich ihm zu erkennen gab. Beim Abschied sagte ich ihm dann noch: „Herr Brand, der mit dem Knollenblätter, anno dazumal, war übrigens ich gewesen!"

Alles hat ein Ende – auch meine Schul-Leidenszeit

Da ich also ein halbes Jahr vor Schulende nochmals von der Schule flog, schickte mich meine Mutter in die Handels- und Berufswahlschule, wo ich meine Sekundarschule schliesslich erfolgreich abschloss. Das Besondere bei dieser Schule war, dass man einen Tag pro Woche in einem Unternehmen schnuppern konnte, um Informationen für die zukünftige Berufswahl aus direkter Erfahrung zu erhalten. Zuerst arbeitet ich in einer Küche, wo ich die ganze Aggressivität der Köche zu spüren kriegte. Danach bei einem Storen-Unternehmen, in welchem der Juniorchef ein Autoverrückter war. Er nahm mich immer mit in seinem Triumph TR6, mit dem wir dann mit zu dieser Zeit unglaublichen 200 Stundenkilometern über die Autobahn donnerten. Das war jeweils ein Riesenspass! Zum Schluss schnupperte ich noch, zusammen mit einer ausnehmend hübschen Klassenkameradin, in einer Volksbibliothek. Wir schnappten uns immer die Aufklärungsbücher mit teils sehr freizügigen Bildern und guckten uns die Literatur mit grossen Augen über Mittag an. Ich war in dieser Zeit Mädchen gegenüber sehr scheu und liess mir leider nichts anmerken, ging aber nach der Mittagspause jeweils etwas länger aufs WC. Wir hatten an der Schule einen Lehrer, Herr Basarde, der es schaffte, trotz einer durch eine Hasenscharte hervorgerufene Sprachstörung zu einem der Lieblingslehrer zu werden. Er kompensierte seine angeborene Schwäche mit einem sehr kreativen Lehrstil. So machte er beispielsweise mal einen Kopfstand, als er uns erklären wollte, wie man beim Bruchrechnen dividiert. Er war auch bei den Eltern sehr beliebt, leider aber trotzdem nicht ganz sauber. Basarde war Trainer beim lokalen Fussballclub und lud mich mal spontan zu einem Elfmetertraining nach der Schule ein. Jeder war mal Schütze und mal Goalie, wie der Torwart in Bern genannt wird. Anschliessend wollte er dass wir uns duschten, da wir ja auch etwas verschwitzt waren. Ich war naiv und dachte mir nichts Böses dabei, vor allem auch, weil Basarde ja verheiratet war und ich seine Frau vom Sehen her kannte. Nach dem Duschen wollte er dann dass jeder dem andern für die nicht versenkten Penaltys eines auf den Allerwertesten gab. Als ich die körperliche Reaktion bei ihm sah, zog ich mich an und dann schnell Leine. Danach hatte ich zum Glück nicht mehr viel mit ihm zu tun, verschwieg dies aber tunlichst, wie es wahrscheinlich viele Opfer tun.

In der Schule lernte ich Donata kennen, eine total aufgestellte und völlig unkomplizierte Frau, Tochter eines bekannten Malermeisters und einer sardischen Mutter, mit der ich eine stille Liebe teilte. Wir riefen uns oft an. Mein Herz klopfte jedes Mal bis zum Hals, wenn ich sie zuhause anrief, in der stillen Hoffnung, dass sie zuhause war. Leider blieb die Liebe platonisch. Vielleicht war es auch besser so. Als ich sie viele Jahre später mal zufälligerweise traf, war sie glückliche Mutter von sechs Kindern.

Kurz bevor meine Schulzeit zu Ende war, brachte mich mein Schulfreund Zehndi, der schon viel Erfahrung mit Mädels hatte, das erste Mal in den *Falken*, eine damals sehr populäre Studentenkneipe. Wir sassen zu sechst an einem Tisch. Dabei war auch Nathalie, ein hübsches Mädchen, welches den Ruf hatte, in sexuellen Dingen schon sehr erfahren zu sein. Damals war sie oft mit Zehndi zusammen. Er fand, dass es an der Zeit sei, dass ich auch diesbezügliche Erfahrungen machen sollte, und organisierte es so, dass am Schluss nur noch die Frau und ich zurückblieben. Auf dem Weg zum Bahnhof kamen wir in eines der vielen engen Gässchen in der Berner Altstadt. Als niemand rum war, drehte sie sich spontan um zu mir, packte mich und gab mir meinen ersten Zungenkuss. Ich war nachher völlig verwirrt und ging schnurstracks nach Hause. Ich sah Nathalie danach nicht mehr oft. Damals liefen auch die ersten Partys, wo wir bei *Moody Blues* und *Procol Harums A Salty Dog* und *A Whiter Shade of Pale* die Möglichkeit hatten, eng mit den Mädchen zu tanzen.

Allzeit bereit – meine Pfadfinderzeit

Schon mit sieben Jahren schickte mich noch mein Vater zu den Wölfen, der Vorstufe der Pfadfinder. Später wurde ich dann ein richtiger Pfadfinder. Ich blieb in diesem Club, bis ich 17 war. Bei den Wölfen hiess ich *Fülli* (junges Pferd) und bei den grossen dann *Mustang*. Die Übungen fanden jeweils am Samstag statt.

Meist in freier Natur und oft im Wald. Daneben gab es auch Pfingst- und Sommerlager. Dies war gut für mein ungestümes Wesen. Ich war in dieser Zeit sehr revolutionär und musste einfach alles grundsätzlich anders machen als alle andern. Als ich Venner[5] wurde, gab ich meinem *Fähnli* (Gruppe) keinen Tiernamen, wie alle andern, sondern nannte es Sojus, nach dem damaligen russischen Weltraumprogramm. An den samstäglichen Übungen spielten wir meistens auch Fussball. So war es kein Wunder, dass das Fähnli Sojus immer alle Pfadfinder-Fussballturniere gewann. Als ich im Alter von 14 Jahren mal nach einem Lager nach Hause kam, traf ich meinen Bruder und meine ältere Schwester mit ihren Kollegen bei uns zuhause an. Da meine Mutter das ganze Wochenende weg war, nutzten meine Geschwister und ihre Freunde die Gelegenheit, um bei uns zuhause eine heftige Party zu feiern. Überall süsslicher Duft in der Luft und schmusende Pärchen, sogar in meinem Bett. Das gefiel mir gar nicht. Ich stand da in meiner Pfadfinderuniform und wollte eigentlich alle augenblicklich rausschmeissen. Mein Bruder und meine Schwester, beide ziemlich zugekifft, baten mich quasi auf Knien, doch tolerant zu sein. Kiffen würde überdies Spass machen, ich solle doch einfach mal probieren. Schliesslich liess ich mich überreden. Als ich meine Kleider gewechselt hatte, setzte ich mich zu den Leuten und zog an meiner ersten Haschischpfeife. Die Krönung des Abends erfolgte dann durch unseren Nachbarn Roth, der völlig unter der Fuchtel seiner frustrierten Frau stand. Da wir sehr laut Musik hörten, hatte sie ihm die Hölle heiss gemacht. Plötzlich klingelte es an der Türe und da stand der Herr Roth, richtete seine Schrotflinte direkt auf meine Brust und sagte, dass wir augenblicklich ruhig sein sollten, sonst würde was passieren. Das war der Schluss des Abends und der Beginn einer langjährigen nachbarschaftlichen Feindschaft sowie einer zwölfjährigen Kifferzeit, in der ich viele interessante Erfahrungen, auch mit andern Drogen, machen sollte.

Kapitän bei FC Ziegelboys 2 im GC-Dress

Just zu der Zeit sollte ich mich für eine Lehrstelle entscheiden. Das Kiffen bewirkte bei mir eine unglaubliche Lustlosigkeit. Ich wurde richtig apathisch und wusste gar nicht, was und warum ich überhaupt etwas lernen sollte. Meiner Mutter war das aber gar nicht egal und sie schickte mich zum Berufsberater. Der machte mit mir einige Tests und kam zum Resultat, dass ich keine eigentlichen Talente habe und am besten eine kaufmännische Grundausbildung, das KV, machen solle. Da Mami früher beim Berner Tagblatt gearbeitet hatte und über gute Kontakte verfügte, beschaffte sie mir schliesslich eine Lehrstelle bei diesem Zeitungsverlag, im Berner Lorrainequartier. Jeder andere hätte sich darüber gefreut, mir war es egal. Das Einzige, was ich in meiner Drogenzeit nach wie vor intensiv betrieb, war zum Glück Sport. Vor allem Fussball hatte es mir angetan. Auf dem Ziegeleiareal meines Schulfreunds baute uns sein Vater einen eigenen kleinen Sportplatz, wo wir regelmässig trainierten. Wir gründeten zwei Teams: Ziegelboys 1 und Ziegelboys 2. Mit den beiden Mannschaften nahmen wir regelmässig an Grümpelturnieren[6] teil. Die erste Mannschaft im Originaldress vom FC Zürich und wir im Dress vom Grasshopper Club Zürich. Warum wir Zürcher Tenues wählten, ist mir bis heute ein Rätsel geblieben. Wahrscheinlich weil sie uns einfach gefielen. Kein Berner käme ja normalerweise auf die Idee, Fan eines Zürcher Clubs zu sein[7], da es schon leichte Unterschiede im Selbstverständnis dieser beiden Kulturen gibt. Später brannte die Ziegelei, wo heute die Firmenzentrale von Swisscom steht, ab. Unser Fussballplatz und die Arbeiterkantine wurden vom Feuer verschont. So konnten wir weiterhin Fussball spielen. Im Sommer draussen und im Winter in der ehemaligen Arbeiter-Kantine drin.

Ab und zu schauten wir uns auch Stummfilme an in der Kantine. Als wir an einem völlig verregneten Abend mal grad Dick &

Doof[13] schauten, zog mich mein Freund *Bärnu* weg und zeigte mit eine Flasche Whiskey im Keller seines Vaters. Wir tranken die Flasche gemeinsam zur Hälfte leer. Als wir zu den Freunden stiessen, waren wir stockbesoffen. Zwei Freunde schleppten mich danach nach Hause, da ich in jede Pfütze sass, die auf dem Weg war. Zuhause angekommen, wusste ich nicht mehr, wo mein Schlüssel war. Also klingelten sie meine, von meinem Anblick völlig geschockte, Mutter raus. Sie sagte mir, dass ich am andern Tag auf jeden Fall arbeiten gehen müsse, und legte mich ins Bett. Als sie mich um 7 Uhr weckte, war ich noch völlig dicht. Sie steckte mich in die Badewanne, wo ich mich aber übergeben musste. Als ich aus dem Wasser stieg, war die ganze Masse gut verteilt auf meinem Körper. Ich sah aus wie ein Zombie aus einem Horrorfilm. Damit war diese Sache auch erledigt und ich konnte in aller Ruhe zuhause ausnüchtern.

Onkel Max, der frühere Catcher, Motocross- und Bobfahrer

Nach dem Tod meines Vaters hatte meine Mutter wenig Kontakt zu Männern, ich kann mich nur daran erinnern, dass einmal an Weihnachten, als ich wieder mal so einen blöden engen, kanariengelben Kunstfaserpullover von meiner Gotte erhielt, ein Typ bei uns mitfeierte, der mir gar nicht gefiel. Später lernte meine Mutter dann einen tollen Walliser kennen, den wir fortan Onkel Max nannten. Er war ein früherer Catcher, Motocross- und Bobfahrer mit vielen Narben am Körper und trank sehr gerne und sehr oft *Fendant,* einen spritzigen Weisswein, quasi das Nationalgetränk der Walliser. Er kannte jeden in der Region und jeder kannte ihn. Wo wir hingingen, grüssten uns die Leute, luden uns ein und es floss viel Wein. Onkel Max versuchte gar nicht erst den Vater zu spielen, was ihm viele Sympathien von uns Kindern einbrachte. Da das Wallis ja eine Ferienregion ist, verbrachte ich während vier Jahren alle Ferien in dieser Region. Frühling, Sommer, Herbst und Winter. Ich hatte lange Zeit viel

Spass daran und konnte im Winter Skifahren, bis mir die Hände abfroren. Im Sommer gingen wir manchmal auf eine Alp, wo wir Raclette auf originale Art am offenen Feuer kredenzten. Obwohl ich ein richtiger Spränzel[14] war, ass ich einmal ganze 22 Portionen. Ich platze fast am Schluss. Als wir mit Kiffen begonnen hatten, wollte unsere Mutter mit uns über Weihnachten ins Oberwallis fahren. Wir wollten aber mit unseren Freunden rumhängen. Hatten null Bock. Da versuchten wir einen Trick. Wir mischten unserer Mutter zwei Valium in den Kaffee und hofften, dass sie nachher müde werden und sich wieder ins Bett legen würde. Aber weit gefehlt. Da Mami in der Zeit ihre Sorgen mit *Mother's Little Helper* bekämpfte, kam sie durch das Valium erst richtig in Form und wir hatten null Chance, abzuspringen. Es waren die langweiligsten Ferien unseres Lebens. Auf der Bettmeralp in einem abgelegenen Chalet im Oberwallis. Meine Schwester war grad frisch verliebt und wäre lieber mit den Kollegen rumgehängt zu Klängen von Pink Floyd, Iron Butterfly und Ananda Shankar.

Lehre beim Tagblatt

Meine Lehrzeit stand ich mit meinem gewohnten Minimalaufwand durch. Während der drei Jahre dauernden Lehre kam ich jeweils für sechs Monate in eine Abteilung. Zuerst zu Herrn Blatter in den Zeitungsvertrieb. Wir waren zuständig für die Abrechnungen der Verkaufspunkte der Zeitungen. Die Kioske mussten uns die sogenannten Zeitungsköpfe der nicht verkauften Exemplare zurückschicken und wir mussten die Anzahl Exemplare dann bei den Bestellungen abziehen. Das war stinklangweilig. Das einzig Interessante war die Angestellte, ein junges, vollbusiges ca. 20 jähriges Fröilein[8], welche mir immer ihre unglücklichen Erlebnisse mit ihren häufig wechselnden Lovern erzählte, die sie an Frühlings- und Herbstfesten mit Achter- und Geisterbahnen, Putschautobahnen und Schiessbuden kennenlernte. Sie war wirklich sehr naiv und liess sich aus meiner Sicht von ihren Partnern so richtig ausnutzen. Herr Blatter, unser Chef, war so Ende 50. Er hatte ein eigenes Büro mit Sichtfenster zu uns rüber und rauchte den ganzen Tag Stumpen[9]. Er trug meist ein Hemd mit einem ärmellosen wollenen Wams drüber – alles braun in braun – in dem sich der Zigarrenrauch so richtig einnistete. Er hatte eine Glatze, umrundet von schuppigem, fettigem, früher mal braunem Haar. Auch die haarfreie Zone war von Schuppen überdeckt. Wir gingen davon aus, dass er noch an anderen Stellen des Körpers Schuppen hatte. Wenn es ihm gut ging, öffnete er seine Tür zu unserem Büro und erzählte uns seine Lieblingsgeschichten aus seiner Zeit, als er als Entwicklungshelfer in Nepal gearbeitet hatte. Während er uns seine Storys erzählte, lugten seine lustig-interessierten Äuglein über den Rand seiner dickberandeten Brille, während sich seine wülstigen Lippen zu einem Lächeln formten. Dabei rieb er sich mit einem wohligen Gesichtsausdruck am Türpfosten, so wie Affen es gerne tun. Blatter telefonierte den ganzen Tag mit seinen Verkaufsstellen, welchen er einmal pro Jahr einen persönlichen Besuch abstatten durfte. Er war clever und hatte schon damals ein CRM-System[10] entwickelt, eine Kartei, in der er alle Informationen seiner Kioskfrauen sammelte. Er wusste zum Beispiel, dass Frau Künzli vom Kiosk am Zürcher Rennweg einen gelben Wellensittich hatte und brachte ihr jeweils eine Packung Jodtropfen für ihren Liebling mit.

Der Chef der Buchhaltung hiess so verschlafen, wie er aussah: Schläfli. Ein netter Mann Anfang sechzig mit einer schmalen Hüfte und noch schmaleren Schultern. Ein richtiger Buchhalter seiner Zeit. Er trug eine elegante Brille mit dicken Gläsern. Die beiden Angestellten waren Fräulein Mischler, eine lebenslustige Frau in den besten Jahren, die es liebte, den noch bekennend jungfräulichen gleichaltrigen Buchhalter Peter immer mit sexistischen Sprüchen zu necken. Dazwischen ich, der kiffende Grünschnabel, auch sehr dünn, aber im Vergleich mit den beiden

Buchhaltern so etwas wie ein Arnold Schwarzenegger der Finanzabteilung. Herr Peter wohnte noch zuhause bei seiner Mutter in Säriswil und ging immer in dieselbe Pension zum Mittag essen. Er war klein, schmal und unscheinbar. Das dominanteste Erkennungsmerkmal war eine sehr grosse, fleischige rote Nase, auf der sich die Adern abzeichneten. Einmal ging ich mit ihm essen und staunte, dass er sein Mittagsmahl mit dem bereits für ihn dastehende Dessert begann, damit die bereits daneben dampfende Suppe noch etwas abkühlen konnte. Sein Essen schloss er genussvoll mit dem Hauptgang ab. Das Ganze dauerte inklusive hin- und zurückfahren knappe 40 Minuten. Gelebte Effizienz. Fräulein Mischler neckte ihn damit, indem sie sagte, dass sich dieses Verhalten auch auf seine hoffentlich künftigen sexuellen Erfahrungen ausdehnen könnte und sie schon zu dieser Zeit die zu kurz gekommenen Damen bedaure. Peter war auch ein grosser SCB-Fan[11]. Während der Saison kam er an den Spieltagen jeweils mit einem Fan-Halstuch zur Arbeit. Während des Spiels – einmal ging ich auch mit – schrie er sich die Seele aus dem Leib. Eishockey war das Ventil für den Herrn Peter. Einmal nahm er mich mit zu einer anderen Lieblingsbeschäftigung, in einen Sexfilm. *Brüste die den Tod bedeuten* hiess der Titel einer holländischen Produktion, in der eine Frau Männer zu sich in die Kiste lockte und dort mit ihren Brüsten – Körbchengrösse G oder so – erstickte. Seit diesem Film stehe ich nicht mehr auf Frauen mit allzu grossem Vorbau.

Zu dieser Zeit wurden die Löhne Ende Monat noch in typischen gelben Couverts persönlich an die Mitarbeiter verteilt. Die beiden schmalbrüstigen Buchhalter Schläfli und Peter fuhren jeweils Ende Monat zur Berner Schanzenpost und holten das gesamte Lohngeld dort ab. Obwohl sie viel Geheimnistuerei betrieben, wusste ich genau, wann sie das Geld abholten. Im Dezember gab es noch eine zusätzliche Gratifikation, da kam dann eine ganz schöne Stange Geld zusammen, hatte die Firma doch damals schon über 100 Mitarbeiter. Ich überlegte mir ernsthaft, den beiden zusammen mit ein paar Kollegen maskiert beim Verlassen der Post aufzulauern, sie KO zu schlagen und dann mit dem Geld nach Südamerika abzuhauen.

Obwohl ich die Möglichkeit gehabt hätte, mir in der Redaktions-Abteilung einen Presseausweis zu organisieren, um dann gratis ins Kino oder an Konzerte zu gehen und Kritiken darüber zu schreiben, liess ich es sein. Das Haschisch verfehlte seine Wirkung diesbezüglich nicht. Ich lernte in der Firma aber einen Drucker-Lehrling kennen, den wir *Neumann* nannten, weil er eine Zahnlücke hatte und dem Alfred E. Neumann aus dem damaligen Kult-Comic *Mad* glich. Er war in einer richtigen Arbeiterfamilie aufgewachsen und wurde immer wieder vom dem Alkohol verfallenen Vater verprügelt. Ich fand ihn interessant, weil er echt krass drauf war. Ein waschechter Proletarier. Mit ihm zusammen rauchte ich dann ab und zu sogar während der Arbeitszeit einen Joint hinter dem Haus oder auf dem Dach der Firma.

Fränzi, die Rock'n'Roll-Prinzessin

Zu dieser Zeit arbeitete ich in der Administrations-Abteilung unter der Leitung des gestrengen Herrn Ellenberger. Hier arbeiteten viele, teilweise recht attraktive Frauen. Herr Ellenberger hatte sein Büro mitten im Raum in einem erhöhten Glasbüro, von wo aus er seine Abteilung beobachten konnte, wie man es teilwiese aus alten amerikanischen Filmen kennt. Sein grösster Stolz war ein Computerraum von der Grösse eines Sitzungsraums, wo ein *Honeywell Bell*-Computer die Karten der Zeitungs-Abonnenten verarbeitete. Ich kriegte auf einem damals üblichen, seitlich gelochten Endlospapierstreifen die Abonnementskündigungen. Ich musste dann die entsprechenden, alphabetisch geordneten Karten aus Ablagekisten rausnehmen, damit die Rechnungen nicht mehr gedruckt wurden. Herr Rolli, der attraktive Computerfachmann, hatte alles voll im Griff. Auch die Damen, von denen er sich ab und zu eine mit nach Hause nahm. Der Abteilungsgockel sozusagen. Als ich einmal nach dem Mittagessen vollgekifft meine Arbeit sehr langsam verrichtete, da ich die Schrift kaum mehr erkennen konnte und keine Fehler machen wollte, kam Ellenberger aus seinem Kabäuschen runter zu mir. Er schaute mir über die Schultern und bat mich, ihm tief in die Augen zu schauen. Dann fragte er mich fast in Zeitlupe: „René geht es Ihnen gut?" Die Situation war so komisch, dass es mich innerlich fast zerriss. Ich biss mir auf die Unterlippe und antwortete mit Augen, rot wie eine defekte Sicherung: „Gut!" – „Sicher?" – „Ja!" Das wars. Ich bin sicher, dass er intuitiv spürte, dass da etwas nicht in Ordnung war. Aber er konnte es nicht zuordnen. In der Zeit kam plötzlich eine sehr junge neue Mitarbeiterin zu uns. Fränzi war jung, knackig und extrem frisch. Sie war Vize-Schweizermeisterin im Rock'n'Roll und daher ein richtiges Leichtgewicht. Ich verknallte mich augenblicklich in sie, war damals aber zu scheu, ihr das zu sagen, und sie hätte mich höchstwahrscheinlich auch nicht richtig ernst genommen dabei. In der Zeit waren sehr enge Stoff-Jeans in Mode. Ich hatte mir ein paar sehr enge gekauft. Als ich bei meiner Arbeit mal niederknien musste, machte es plötzlich Ratsch und die Hose war untenrum durchgerissen. Fränzi sah das sofort, lachte kurz auf, gab mir dann aber sofort Rückendeckung, damit ich mich aufs Klo verziehen konnte. Sie organisierte mir dann ein paar Ersatzhosen. Das vergesse ich dem Fränzi nie.

Als wir mal mit einigen Mitarbeitern nachts in die direkt unterhalb der Lorraine liegende Aare schwimmen gingen – ertappte ich sie mit unserem Druckereileiter, Captain der Firmenfussballmannschaft, bei der ich in der Verteidigung spielen durfte, auf dem Rücksitz seines Wagens in voller Aktion. Sie sahen mich. Ich gab Ihnen ein Zeichen dass ich es nicht weitererzählen würde. Hier passiert es nun zum ersten Mal. Ich war schon etwas eifersüchtig, sah aber ein, dass ich gegen ihn keine Chance gehabt hätte. Fränzi war eine Vollblutfrau und der Drucker ein richtiger Testosteron-geladener Hengst.

Am Schluss meiner Ausbildung kam ich noch in die Akzidenzdruckerei. Der Leiter war bekannt als einer, der den Frauen auch mal an den Arsch langte, und war ein richtiger Choleriker. Wenn er wütend war, was des Öfteren vorkam, lief er blutrot an und schrie aus Leibeskräften rum. Zu seinem Glück war er ein Vollprofi auf seinem Gebiet und verfügte über gute Kundenbeziehungen, sonst hätte ihn die Firma sicher entlassen.

Wir druckten beim Tagblatt auch den Stadtanzeiger Bern. Einmal fiel ein Zeitungsverträger aus und der Chef bestimmte, dass ich nun die Zeitung in der Innenstadt austragen sollte. Ich schämte mich für diesen Job, schob den Wagen zu einem Wäldchen direkt neben der Lorrainebrücke und kippte den ganzen Stapel Zeitungen einfach in den Wald rein. Damals wurde mir bewusst, wie wenig diese Zeitung überhaupt gelesen wurde. Es gab nur wenige Reklamationen von Lesern, welche den Anzeiger vermissten.

Das KV – Ich musste wieder in die Schule

Einmal pro Woche mussten wir einen Tag in die kaufmännische Berufsschule, das *KV*, um so interessante Fächer wie Wirtschaftsgeografie, Buchhaltung und Stenografie zu lernen. Stinklangweilig! Zu dieser Zeit waren grad Filme von Federico Fellini und französischen Regisseuren wie Claude Lelouch hoch im Kurs. Dies führte dazu, dass wir an Nachmittagen oft ins Kino anstatt in die Schule gingen. Ich schaffte die Prüfung aber am Schluss mit einem *knapp genügend*. Das reichte.

Fussballstar – mein Traum und der BSC Young Boys

Sport war immer wichtig für mich. Als Kind schnitt ich Fotos aus Zeitungen aus und klebte sie in ein Album. Vor allem Bilder aus dem Fussball und dem Eishockey hatten es mir angetan. Ich wollte Fussballstar werden. Bobby Charlton und George Best von meinem Lieblingsteam Manchester United waren meine Vorbilder. Ich spielte in jeder freien Minute Fussball mit Freunden, war allerdings nur mittelmässig talentiert und von meiner Konstitution her nicht zwingend prädestiniert zum Spitzenspieler. Bei den Pfadfindern gewannen wir aber, wie früher erwähnt, praktisch alle Turniere. Als ich allerdings dann dem lokalen Fussballclub FC Zollikofen beitrat, musste ich bei den Junioren A und auch dem B-Team als linker Aussenverteidiger mit der Nummer 2 agieren, obwohl ich mich als offensiven Mittelfeldspieler à la Pele oder eben George Best mit der obligaten Nummer 10 verstand. Bei einem Match gegen Flamatt schoss mein wirbliger Gegenspieler innerhalb von zehn Minuten einen klassischen Hattrick. Danach wechselte mich mein Trainer aus und das war's dann mit meiner Fussballkarriere beim FCZ gewesen.

In dieser Zeit kam täglich der Milchhändler bei uns vorbei. Er war ein geborener Zürcher und sagte anstatt *Ade*[15] *Uf Widergüx*[16]. Das gefiel mir! Er war ein sogenannter *YB-Donator*, Unterstützer des Berner Young Boys Club. Er frage alle Jungs des Quartiers, ob sie am Sonntag zum Match fahren wollten. Wir trafen uns dann unten vor seinem Milchgeschäft, wo er uns in seinen fensterlosen VW-Kastenwagen lud, mit dem er während der Woche seine Milchprodukte auslieferte. Danach fuhr er ins ehrwürdige, legendäre Stadion *Wankdorf*, wo Deutschland 1954 in einem denkwürdigen Finale Ungarn mit 3:2 bezwungen hatte und Fussballweltmeister wurde. Beim Verlassen des Wagens sagte er uns jeweils, wann wir uns wieder bei seinem Wagen treffen sollten. Sein Sohn *Stiif* war auch immer dabei. Er war untersetzt und leicht dicklich, mit einem rosigen Teint, aber unglaublich schlau und mit einem riesigem Geltungsdrang ausgestattet. Da war ich ein Waisenknabe dagegen. Nach dem Match mussten wir immer auf ihn warten, weil er „noch kurz zu den Spielern in die Kabine" musste, was auch stimmte. Er brachte immer was mit. Einmal sogar den Matchball mit den Unterschriften aller Spieler. Er war Fan eines skandinavischen Fussballers Namens *Stiif* und wollte fortan nur so genannt werden. Er machte später eine sehr ungewöhnliche Karriere, die ihn zuerst in den Jugendknast, dann in die Versicherungs- und Immobilienbranche brachte, wo er in den 80er Immobilien-Boom-Jahren zum Superstar wurde, viel Geld verdiente und Jahre später sogar Mann des Monats der damalig führenden Wirtschaftszeitung wurde. Zuerst verkaufe er spanische und floridianische Immobilien an auswanderungslustige Rentner, kaufte sich dann selber Häuser – das Geld warfen einem die Banken damals förmlich nach bei 10% Eigenkapital – und später auch Firmen, vorzugsweise mit unterbewerteten Aktiven, die er dann aus den Firmen auslöste und mit viel Gewinn wieder verkaufte. Später baute *Stiif* eine Holding in Kanada auf, die sich dann bei Sportartikelherstellern beteiligte. Eine Firma besass er mal, die sogar als Ausrüster der Schweizer Fussballnationalmannschaft auftrat. Und just dann erfüllte er sich seinen Jugendtraum. *Stiif* kaufte seinem Lieblingsverein Young Boys einen schwedischen Mittelfeldspieler und einen dänischen Stürmer, die dann den BSC Young Boys im Jahre 1986 zum letzten Meistertitel der Vereinsgeschichte führten. *Stiifs* Imperium stürzte später zusammen und er landete im Knast.

Stiif

Stiif war einer der cleversten Menschen, die mir je begegneten. Da er keine hatte, kaufte er sich die Freunde. Zuerst mit Gratis-Eiscrème im Laden seines Vaters, wenn er nicht zuhause war, danach mit den besten LSD-Trips und schliesslich mit gratis Einladungen zu zwei Nutten, die in Wohnwagen auf dem Areal der heutigen Swisscom postiert waren. Da konnten wir Jungs dann erste Erfahrungen mit mütterlichen und stark mit Billigparfüm ausgestatteten Frauen machen. Alles quasi auf Kosten des Hauses, respektive Wohnwagens, wohlverstanden. Bei den Nutten klappte es bei mir aber nicht. Erstens gefielen sie mir nicht und zweitens bewegte sich bei mir nichts. Trotz grossen Anstrengungen der in diesen Sachen sehr versierten Damen.

Stiif war schon in der Schule sehr unbequem und hatte dauernd Ärger mit den Lehrern. Einmal provozierte er seinen Lehrer derart, dass der ihm eine Ohrfeige gab. *Stiif* gab ihm gleich eine retour. Dann prügelte ihn der Lehrer zum Schulzimmer raus. Bei einer viel späteren Klassenzusammenkunft, als er schon Karriere gemacht hatte, waren alle in lauschigem Umfeld zusammen, als plötzlich ein Helikopter heranflog und direkt auf dem Schulplatz landete. Dann stieg *Stiif* aus, mit dicker Zigarre im Mund, und frage den damaligen Klassenlehrer, mit dem er sich früher angelegt hatte, ob er nicht Lust habe auf einen Probeflug. Er war ein geborenes PR-Genie! Als wir noch wild kifften, trafen wir uns oft in der *Schwarzen Tinte,* einem Jugendstilcafé in der Berner Altstadt. Wir hatten häufig wenig Kohle. Einmal kam *Stiif* rein, drehte sich einen Joint und zündete ihn mit einer Zehnernote an. Die andern Gäste brachten ihn fast um dafür. In dieser Zeit machte er Verbindungen zu den *Broncos,* den berühmten Berner Rockern, die ihm später wertvolle Dienste beim Aufbau seiner Karriere leisten sollten. Dafür nutze er auch das Schweizer Boulevardmagazin *Blick.* Mit dem Geld, das er sich mit dem Verkauf von Immobilien an Rentner verdiente, kaufte er sich seinen ersten Wohnblock. Als der *Blick* einen Artikel über eine Frau publizierte, der wegen ihrem „Büsi[17]" die Wohnung gekündigt wurde, bot ihr *Stiif* via *Blick* eine Wohnung in seinem Mehrfamilienhaus an. Der Artikel lief unter dem Titel *Tierfreund bietet Frau Haldimann Wohnung an.* Die 80er waren auch die Jahre von Jugendunruhen und Hausbesetzungen. Als in Genf ein grosses Haus während längerer Zeit besetzt wurde, organisierte *Stiif* im Auftrag des Hausbesitzers seine Rockerfreunde, liess sie mit ihren *Harleys* nach Genf fahren und die jugendlichen Besetzer zum Haus rausprügeln. *Stiif* informierte die Medien gleich vor Ort und hatte seine schweizweite Publicity. Eine Zeit lang besass er sogar eine grosse Baufirma in der Westschweiz. Als er einmal den Mitarbeitern die Löhne nicht mehr zahlen konnte, traten sie in einen Streik. Als der Streik auf dem Höhepunkt angelangt war, erschien wieder ein Helikopter mit *Stiif* an Bord. Er hatte eine Zigarre im Mund und verteilte allen Mitarbeitern die Löhne in Cash. Medial perfekt inszeniert. So war *Stiif!*

Da meine Mutter arbeiten musste, lieferte die Apotheke die Medikamente per Kurier ins Haus. Einmal klingelte es bei uns an der Türe und ein junger, blonder leicht verpickelter Kerl in meinem Alter stand mit einem Paket da. Er gab es mir ab, langte in seine Hose und fragte mich: „Brauchst du noch Pariser?" Er hatte ein Paket *Blauband-Kondome* in seiner Hand. Wir taten beide so, als wären wir mega erfahren, und ich kaufte sie ihm ab. Was ich damit machte, weiss ich nicht mehr, aber das war das erste Treffen zwischen mir und dem *Chräbu*, wie der Kerl hiess. Da ich in Bern zur Schule gegangen war, kannte ich die Local Heroes weniger. Durch ihn kam ich wieder in Kontakt mit den Zollikofner Jungs und Mädels. Sie trafen sich einmal unter der Woche und an den Wochenenden im Tea Room *Mayfair*.

Als ich das erste Mal hinging, kannte ich nur ein paar Leute vom Sehen. Ich wurde aber sehr schnell aufgenommen. Meine Schwester Susi war auch immer mit von der Partie. Wie gesagt, trafen wir uns immer am Mittwochabend im *Mayfair*. Wir hatten hinten einen eigenen Raum, ausgestattet mit Töggelikasten[18] und Flipperkästen. Am meisten Geld investierten wir in den *Rock-Ola*, einen Musikautomaten, der prominent im Raum stand. Eine Zeit lang war sogar ein Billardtisch mitten im Raum. Zum Kiffen gingen wir immer raus und hingen dann drin rum, tranken Limo und spielten an den Kästen. Ab und zu jassten wir sogar. Jeweils am Freitagabend wurde dann das Programm für das Wochenende bekanntgegeben. Das hiess dann Partys bei Freunden, bei denen die Eltern nicht zuhause waren, Openair-Konzerte, Weekends am Moossee, Ausfahren mit den Töfflis[19] irgendwohin wie z. B. an den Murtensee oder in die Erlebnisrestaurants *Florida* oder *Seeteufel* in Studen bei Biel. Zudem schlossen wir Freundschaft mit einer ähnlichen Clique in Flamatt. Wir besuchten uns oft gegenseitig. Ihr Lokal hiess Restaurant Waage und auch da hatten unsere Freunde quasi einen eigenen rechtsfreien Raum.

Teil 2 – Innere Reisen

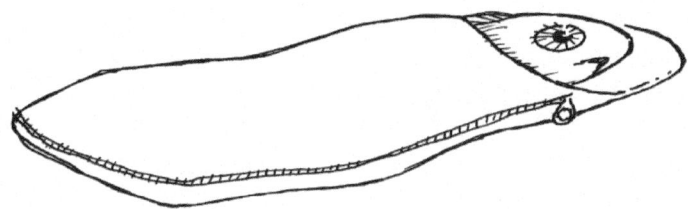

Innere Reisen ins Nirvana – die lieben Drogen

Wenn uns das Haschisch oder Gras ausging, fuhren wir nach Bern. Zuerst in die *Schwarze Tinte*, ein Jugendstil-Café, wo öffentlich gekifft wurde, und später ins *Uhu*, eine bekannte Drogenkneipe, wo auch harte Drogen gehandelt wurden. Da hingen meist richtig kaputte Typen mit ellenlagen Haaren und für diese Zeit typischen Afghanermänteln rum, die aus Amsterdam importiert wurden. Auch im Uhu war ein Musikautomat im Dauerbetrieb. Da lief dann *Nutbush City Limits* von *Ike und Tina Turner*, *Hey Joe* von *Jimi Hendrix* oder *Starfucker* von den *Rolling Stones*. Wir gingen jeweils nur kurz rein, checkten, ob keine Polizeispitzel rum waren und erkundigten uns, ob und was rum war. Wenn was rum war, gingen wir mit dem Dealer raus oder in seine Wohnung und testeten die Ware. Danach fand der Deal statt oder eben nicht. Der Preis bewegte sich in den frühen Jahren bei kleinen Mengen zwischen 5 und 8 Franken für absolute Spitzenqualität. Ein paar Jahre ging der Preis bis auf 10 oder 12 Franken hoch. Zum Wiegen hatten ein paar Profis von uns

Briefwagen gekauft. Die Besitzer der *Pesola*-Waagen genossen einen Sonderstatus in unserer Gruppe. Schon bald hatte ich mir auch eine gekauft. Unten gab es eine Klammer für die Befestigung der Briefe respektive Plastic-Tüten, in welche wir den Pot[20] verpackten. Es gab 10er-, 20er-, 50er-, 100er- oder 200er-Waagen. Die wirklichen Profis unter uns hatten das ganze Sortiment.

Wenn kein Hasch rum war, versuchten uns die Dealer immer hartes Zeugs anzudrehen. Da waren wir aber gefeit davor. Das Beispiel der Süchtigen, die teilweise wie wandelnde Leichen aussahen, und schon nur der Gedanke, uns eine Spritze in die Vene zu setzen, schreckten uns ab. Nur einmal kauften wir uns ein paar Amphetamine für den folgenden Samstag. An besagtem Samstag machten wir ab, dass wir die Pillen um 19:00 zuhause einwerfen und uns dann eine halbe Stunde später auf dem Bähnli[21] in die Stadt treffen würden. Das Bähnli startete in Unterzollikofen und ich stieg jeweils in Steinibach zu. Die Tablette zeigte schon rasch Wirkung. Nach zehn Minuten fühlte ich mich schon gespeedet wie eine wildgewordene Wespe. Für mich als eh schon nervöser Typ war die Wirkung verheerend. Ich rastete schier aus und konnte nicht mal mehr ruhig stehen. Also ging ich zum Haus raus und lief 20 Minuten lang wie von einer Tarantel gestochen kreuz und quer durch unser Quartier, um dann um halb acht in das Bähnli einzusteigen. Da sassen schon meine Kollegen drin. Sie waren auch etwas auf Speed aber nicht so extrem wie ich. Ich lief die ganze Zeit bis nach Bern hin und her wie ein Tiger im Käfig. Danach gingen wir in die Matte, ein Quartier direkt an der Aare, wo früher die armen Leute wohnten, während oben in der Stadt die Herrschaften residierten. In der Matte gab's ein paar Bars und die Tanzdiele, eine Art Disco. Da hingen wir rum, kifften und tranken noch ein paar Bier dazu. Am Schluss waren wir hackedicht und hingen die Mattetreppe hoch. Plötzlich tauchten uniformierte Mitarbeiter der Heilsarmee auf, nahmen uns an den Armen, schleppten uns in ihr Lokal oben in der Stadt und fütterten uns mit Suppe wieder auf, so dass wir wieder fähig waren, nach Hause zu gehen.

Das Bähnli war in dieser Zeit ein zentrales Transportmittel zwischen der Stadt Bern und Zollikofen mit dem wir an den Weekends häufig bis zu 6 mal täglich hin und her pendelten. Ab und zu gingen wir auch auf LSD-Trip. Das war immer was Besonderes, was wir auch entsprechend zelebrierten. Einmal warf ich einen 200er-Trip[22] schon gleich nach dem Kauf im Uhu ein, zusammen mit *Neumann*, dem Druckerlehrling vom Tagblatt. Da meine Mutter das Weekend bei Onkel Max im Wallis verbrachte, war bei uns zuhause „sturmfrei". Schon im Bähnli, auch Zügli genannt, auf dem Weg nach Hause, fuhr der Trip so langsam ein. Wir schauten uns in die Augen, die das einzig Konstante bleiben sollten. Alles andere veränderte sich dauernd. Unsere Gesichter nahmen alle möglichen Fratzen an, während sich rings um uns alles aufzulösen begann. Die andern Leute im Zug kamen uns wie Comic-Figuren vor, die in ihren Körpern gefangen schienen und ihre typischen Rollen spielten, bis hin zur Karikatur. Wir hatten auch das Gefühl, ganz tief in die Seelen dieser Menschen blicken zu können und fühlten uns allwissend. Ein LSD-Trip verläuft jeweils in verschiedenen Phasen. Zuerst kommt so eine aufbauende Phase mit ersten Halluzinationen, die häufig recht lustig sein kann, die dann kurz abfällt, bevor die erste Hochphase kommt, wo der Trip so richtig einfährt und man nichts mehr kontrollieren kann. Diese Phase dauert dann so ein, zwei Stunden und wiederholt sich so zwei- bis dreimal, bevor die Wirkung nach sechs bis acht Stunden wieder nachlässt.

Wilde Trips auf LSD

Am Hübeliweg angekommen, liessen wir die erste Welle mal voll einfahren. Wir legten eine Langspielplatte von Jane auf und gaben uns am Boden liegend dem Trip hin. Nach ein paar Stunden tauchte meine Schwester mit ein paar Freunden auf. Als sie merkten, dass wir auf Trip waren, hatten sie im Moment gar keine Freude, da sie wussten, dass ich früher schon Horrortrips geschoben hatte. So liessen sie uns in einem abgetrennten Zimmer, während sie draussen kifften und schwatzten. Neumann fühlt sich plötzlich komisch und haute ab. Das ist sehr schwierig, wenn während eines gemeinsamen Trips der eine plötzlich abhaut, da man sich als Einheit fühlt, wenn man gemeinsam auf LSD-Trip geht. Ich legte danach eine Platte von Frank Zappa auf, als die zweite Welle so richtig einfuhr. Eigentlich sollte man auf Trip ruhige Musik mit langen Sinustönen hören anstatt so wildes Zeugs wie Zappa. Aber ich stand eben auf Zappa. Plötzlich sah ich die Musik als ein Meer von Farben, die sich im Rhythmus der Musik wild mischte. Ich stand auf und schwamm buchstäblich in der Musik, in diesem Meer von Farben rum. Einer inneren Eingebung folgend verliess ich den Raum. Draussen sass Susi mit ihren Freunden am Tisch, sie assen was und rauchten eine Pfeife Shit dazu. In einem Augenblick wurde ich so richtig eifersüchtig auf *Mätscher*, ein sportlicher Kerl, mit dem schwarzen Gurt in Jiu-Jitsu, der bei den Frauen grossen Erfolg hatte und immer wieder mit Shows brillierte, indem er zum Beispiel mitten in der Stadt aus dem Stand einen Rückwärtssalto hinlegte oder im Schwimmbad auf dem Sprungbrett mit Saltos und Auerbachs brillierte. Ich hatte das Gefühl, dass ich ihn töten müsse, schlurfte in die Küche, holte mir ein Küchenmesser und ging damit auf *Mätschi* los. Die Freunde schauten mich ganz erschreckt an, nur *Mätschi* lächelte. Er sprach ganz langsam mit mir, meinte, dass ich schon ein super Kerl sei und einer seiner besten Freunde, während er mir ganz leise und äusserst subtil das Messer aus der Hand nahm. Danach fragte er mich, ob ich Hunger hätte. Ich bejahte und er gab mir einen Teller mit Linsen, die ich in grossen Bissen sofort verschlang. Die Freunde hatten zwei unzerkleinerte Valiums untergemischt, die ich nicht sah. Nach einer halben Stunde begannen die Tabletten zu wirken und die Freunde legten mich ins Bett. Am andern Tag fühlte ich mich etwa so, als wäre ich die ganze Nacht von einem Zug überfahren worden. Auch begann ich mich vage daran zu erinnern, was alles so gelaufen war.

Auf einem andern Trip, einem sogenannten *California Sunshine*, wegen seiner sehr reinen Substanz und der hohen Dosis von 500 Mikrogramm ein Klassiker, fühlte ich mich das erste Mal richtig super. Zuerst waren wir bei *Mambe*, einer blonden frühreifen Baslerin, die plötzlich in unserer Gruppe aufgetaucht war und die viel mit Jungs rummachte und hörten im Wohnzimmer ihrer Eltern, die ausgeflogen waren, *Bridge Over Troubled Water* von *Simon and Garfunkel*. Ich fühlte mich wie im Himmel und litt nur kurz, als sie mich abblitzen liess, als ich ihr vor allen Kollegen plump sagte, dass ich nun gerne mit ihr bumsen würde. Nach ein paar Stunden fühlte ich mich immer noch super, merkte aber, wie die Wirkung leider langsam nachliess. Ich hatte noch eineinhalb grüne Micros in der Tasche und schluckte sie, um den Trip zu verlängern, da es mir zum ersten Mal so richtig gut gefiel auf LSD. Danach spazierten wir zur reformierten Kirche, in deren ehemaligem Leichenraum im Untergeschoss Freunde mit ihrer Band *Demodokus* ihren Übungsraum hatten. Als wir im Raum waren, kam mir in den Sinn, dass mein Vater nach seinem Tod da aufgebahrt gelegen war. Das fuhr mir eigenartig ein. Als ich die *Gibson*-Gitarre in einem Akt von Unvorsichtigkeit umgestossen hatte und der Gitarrist etwas wütend reagierte, verliessen wir den Raum, um nach Hause zu gehen. Zusammen mit meiner Schwester Susi, die in der Zwischenzeit so etwas wie meine beste Freundin geworden war. Sie war ein hübsches und einfach unglaublich sympathisches Mädel, das bei allen gut ankam. Es war ein bitterkalter Wintertag im Februar und einer der autofreien Sonntage, die während der 70er Jahre in der damaligen Erdölkrise angesetzt wurden, um Benzin zu sparen. Wir gingen an einem Feld vorbei und plötzlich sah ich mich durch zehn horizontale Ebenen durchwandern, wie durch verschiedene Lebenszeiten. Die grünen Microtrips die mit Speed (Amphetamin) vermischt waren, begannen nun zu wirken und vor mir erschien eine Mauer. Darauf sass ein grüner Kobold. Er winkte mir zu und bat mich, auf die andere Seite zu schauen. Dort sah ich einen Jahrmarkt der Verrückten in der Art von Breughels Bildern. Der Kobold bat mich: „Komm doch rüber zu uns da macht's unglaublich Spass!" Das Wort *rüber* setzte sich in meinem Kopf fest. Ich hörte es noch und noch immer mit Echo und dem Echo des Echos und dem Echo des Echos des Echos. Plötzlich kriegte ich es mit der Angst zu tun und sagte ihm: „Nein, ich komme nicht rüber, ich bin doch nicht ‚über'-geschnappt." Der Kobold sagte nur lakonisch: „Okay dann halt etwas später", und verschwand mitsamt der Mauer und der Szenerie dahinter im Raum.

Meine Schwester war langsam müde und bat mich, doch etwas schneller zu gehen, da es wirklich arschkalt war. Sie fror und wollte nur noch nach Hause. Ich aber kam erst richtig in Form. Bei der Station Unterzollikofen waren keine Autos zu sehen auf der Strasse, dafür ein grosser Haufen mit weggepickeltem Eis. Beim genauen Hinsehen sah ich, dass jedes Eisstück ein Auge war, das mich anschaute. Etwas erschrocken gingen wir weiter. Bei jedem Busch, wo wir vorbeigingen, hingen wiederum viele Augen dran, die mich anschauten und beobachteten. Als wir endlich den Hübeliweg runtergingen, war ich wieder voll auf Droge. Die Strassenlampen waren erloschen aber das Licht schien durch die Senklöcher hoch. Und dauernd fuhren Autolichter vorbei. Zuhause angekommen merkten wir, dass von innen her ein Schlüssel steckte. Ein Trick von meiner Mutter, wenn wir zu spät dran waren, um uns zu kontrollieren. Also mussten wir sie rausklingeln. Als sie die Türe öffnete, kam sie mir vor wie eine Hexe, die komische Sachen babbelte. Wir drückten uns irgendwie an ihr vorbei und gingen auf unsere Zimmer. Ich legte mich aufs Bett. Plötzlich sah ich mich aus der Vogelperspektive auf dem Bett liegen und mich winden. Ich schlich mich ins Zimmer meiner Schwester und bat sie, sich um mich zu kümmern, da es mir gar nicht mehr gut ging. Aber Susi war todmüde und wollte wirklich nur noch schlafen. Sie sagte, dass es ihr sehr leid tue, sie aber nicht mehr anders könne. Sie hatte nur einen *California Sunshine* reingezogen, dessen Wirkung nun vorbei war. Ich hielt es nicht mehr aus in meinem Zimmer und auch nicht mehr in meiner Haut, schlich die knarrende Wendeltreppe runter, nahm mir das Telefonbuch und suchte die Telefonnummer von Dr. Keller, unserem Hausarzt. Es war etwa drei Uhr morgens. Ich wollte ihn anrufen, damit er mir helfen könne. Ich fand sogar seinen Eintrag im Buch, aber jedes Mal wenn ich die Nummer lesen wollte, war es, als würde jemand ein brennendes Streichholz drunter halten und die Nummer löste sich auf. So ging ich dann halt ins Schlafzimmer meiner Mutter und weckte sie auf. Sie sah mich mit weit aufgerissenen Augen an, als ich ihr sagte, dass ich einen LSD-Trip intus hatte und es mir nicht mehr gut gehen würde. Sie rief den Arzt an, der ihr sagte, sie solle mir einfach ein Valium geben. Leider waren alle Valium-Packungen leer, da sie ja *Mother's Little Helper* waren in diesen Zeiten. Mami fand aber eine Flasche mit Baldriantinktur, die ich in einem Zug runterschüttete. Danach wollte ich durch eine Luke aufs Dach steigen, was meine Mutter glücklicherweise verhindern konnte. Draussen sah ich unseren Garten als Paradiesgarten mit riesigen farbigen Blumen mit bunten Schmetterlingen und Vögeln. Mutter führte mich dann aufs Bett. Ich lag auf dem Rücken auf dem ehemaligen ehelichen Doppelbett und sah an der Decke alle möglichen Muster sich aufbauen, verändern und auch wieder auflösen. Es war, als sähe ich den Schlüssel zum Universum. Nach ungefähr einer Stunde schlief ich ein. Als ich so nachmittags um zwei Uhr aufwachte, hatte ich den Brummschädel meines Lebens. Plötzlich hörte ich Stimmen aus dem unteren Teil des Hauses zu mir aufsteigen, die sich alsdann als die Stimmen meiner Mutter, der Schwester und meines Bruders anhörten, welche unten eine Art Familienrat abhielten. Ich schlich mich in mein Zimmer, zog mich an, ging runter, sagte kurz hallo und verschwand durch die Haustüre. Ich spazierte an diesem grauen, kalten Wintertag den Hübeliweg hoch in Richtung Rüti, wo landwirtschaftliche Schulen angesiedelt waren mit viel freiem Land als Versuchsanbauflächen. Als ich so durch die Gegend ging, bemerkte ich plötzlich, dass ich alles nur noch schwarzweiss sah. Die Farben waren weg. Alle Eindrücke aufgebraucht. Ich fühlte mich kalt, leer und sehr, sehr einsam.

Alle paar Wochenenden verbrachten wir in Bern im sogenannten *Gaskessel*, einem früheren Gaslager, das in dieser Zeit als Jugendzentrum genutzt wurde, wo es häufig Konzerte und Partys gab. Einmal in einer Winternacht wurde es spät und wir konnten kein öffentliches Verkehrsmittel mehr benutzen. Also marschierten wir zu Fuss nach Zollikofen, eine Strecke von ca. 15 Kilometern. Wir waren wieder mal *vollverladen*. Als wir in Worblaufen waren, kriegte ich plötzlich einen Riesendruck und brauchte dringend eine Toilette. Da keine rum war und Papier auch fehlte, ging ich in die nächste Telefonkabine, die ich dann einfach vollschiss. Papier war ja in Form von Telefonbüchern zur Genüge vorhanden.

Wilde Ferien auf Formentera

Eine Zeit lang konnten wir im Winter die elterliche Wohnung von *Aschi*[23], einem fussballerisch sehr talentierten Mitglied unserer Zollikofner-Gang, nutzen. Bis zu zehn Jungs und Girls gingen jeweils für eine Woche nach Grindelwald im Berner Oberland zum Skifahren. Abends kifften wir uns die Hucke voll, kochten gutes Essen und tranken auch die eine oder andere Flasche Wein dazu. Da die guten Weine relativ teuer waren, entfernten wir die Preis-Etiketten von den billigen *Valpolicellas* oder *Algérie supérieures* und klebten sie auf die *Bordeaux* oder Moulin D'Avents, die damals sehr in Mode waren. Stil hatten wir, aber eben wenig Kohle.

Ich hatte mir kurz zuvor meinen ersten Daunenschlafsack gekauft und wollte testen, ob er wirklich so warm war. Darum
schlief ich die ganze Nacht draussen vor der Tür. Der Sack war
tatsächlich gut und hielt mich warm. Am Morgen hatte ich aber
null Bock auf Skifahren. Glücklicherweise herrschte auch richtig
schlechtes Wetter. *Fridu*[24], der Cousin von *Aschi* und Sohn eines
Bauern, sowie ein paar andere Freunde wollten unbedingt skifahren gehen. *Chrigu*, Haller und ich streikten und blieben in der
Wohnung. Wir rauchten schon früh etwas Shit. schlenderten im
Dorf rum und kauften Essen ein für den Abend. Ich entdeckte
im Gefrierfach des Grossverteilers eine Regenbogenforelle. Der
Name gefiel uns so gut, dass wir sie gleich kauften. Zuhause
angekommen liessen wir sie dann im Schlafsack von *Fridu* auf-
tauen. Wir freuten uns schon auf die Reaktion des vom Skifahren sicher sehr müden Kumpels, der auf der Piste immer alles
gab. Nach dem Essen rauchten wir noch den obligaten Joint und
legten uns ins Bett. Wir schliefen alle in einem grossen Raum mit
mehrstöckigen Betten. *Fridu* ging noch duschen und kam als
Letzter dazu. Wir räkelten uns bereits wohlig in unseren

Daunen, als er schliesslich als Letzter in den Schlafsack stieg. Als er ganz drin war, gab er plötzlich einen komischen Laut von sich. Wie von einer Tarantel gestochen juckte er aus seinem Schlafsack und schrie: „Wer hat in meinen Schlafsack geschissen?" Als er dann den Fisch sah, nahm er ihn und schmiss ihn Chrigu[25] mit der vollen Kraft eines Bauernsohnes ins Gesicht. Mein Vorteil war, dass ich immer so etwas unscheinbar erschien, etwa so als trüge ich einen Tarnmantel.

Im Sommer danach fuhren *Fridu, Chrigu* und ich mit dem Zug nach Barcelona. Von da aus nahmen wir die Fähre nach Ibiza, von wo aus wir mit einem Boot die Insel Formentera ansteuerten, die zu dieser Zeit ein Paradies für Hippies war. Das Boot schaukelte wild und wir wurden alle seekrank und kotzten uns schon auf der Reise den Magen leer. Gleich nach unserer Ankunft suchten wir uns eine Bleibe und fanden schliesslich ein kleines Haus. Kaum grösser als eine Bau-Toilette. Wir nannten sie auch „Massara-Bauschissi"[26]. Um mobil zu sein, mieteten wir uns *Toros*, 50-ccm-Töfflis[27], die aber, im Gegensatz zu den fahrbaren Untersätzen in der Schweiz, nicht plombiert waren und Spitzengeschwindigkeiten von über 70 km/h erlaubten. Es war ein Riesenpass, mit den Dingern um die Insel zu heizen. Tagsüber fuhren wir immer an irgendeinen Beach, um dort am Strand rumzuhängen, im Wasser und an den Strandbars, wo damals der Drink *Lumumba* grad völlig im Trend war, ein Gemisch aus einem Schoko-Drink und dem spanischen Brandy *Fundador*. Nach zwei von den Dingern fühlten wir uns immer absolut Spitze. Ich hatte nie schwimmen gelernt und schämte mich so ab zwölf dafür und konnte es niemandem sagen, so dass ich oft Todesängste ausstand, wenn wir auf dem Moossee Ruderboote mieteten und meine Kollegen auf dem See darauf wild rumschaukelten und das Boot damit fast zum Kippen brachten. Vor diesem Urlaub in Spanien besuchte ich daher heimlich einen Schwimmkurs im Hallenbad Bern und lernte Brust- und Rückenschwimmen. In Formentera konnte ich meine

Schwimmkünste nun das erste Mal im Salzwasser des Meers ausprobieren. Als ich im Jachthafen rausschwamm, kam *Chrigu* mit. Als er mir auf dem Weg erzählte, dass er eigentlich gar nicht richtig schwimmen konnte, staunte ich Bauklötze.

Chrigu der Chef

Chrigu war der heimliche Leader unserer Zollikofner Gruppe und hängte oft den Chef raus. Er hatte eine Riese Schnure[28], das schnellste frisierte[29] Zweigang-Töffli und schulterlange, dicke, braune Haare die richtig cool aussahen. Er hatte einen super Body und spielte, als exzellenter Flügelstürmer im FC Zollikofen den lokalen George Best*, den Outlaw. Er und meine Schwester Susi verliebten sich später unsäglich und waren während vieler Jahre das Traumpaar unserer Clique. Ich bewunderte *Chrigu* sehr. Wegen seines Erfolgs bei den Frauen und seiner tollen langen Haare. Ich liess meine auch wachsen. Das Problem war nur, dass meine blonden Haare sehr fein waren und nicht gerade runterhingen sondern sich gerne horizontal ausbreiteten. Nach dem Haarewaschen sah ich oft wie ein Engel aus, anstatt wie der von mir angestrebte Frauenheld.

Ich brachte dem *Chrigu* in Formentera also mein frisch erworbenes schwimmtechnisches Know-how bei, und wir vergnügten uns stundenlang im hellblauen Balearen-Wasser. Wir wagten uns dabei immer so weit raus, bis wir grad nicht mehr stehen konnten, parallel zum Ufer hin. So lernten wir schwimmen und fühlten uns sicher dabei.

Abends suchten wir uns jeweils eine Kneipe, wo wir das spanische Essen exzessiv genossen. Dazu tranken wir *Sangria* in grossen Mengen, was kombiniert mit unserem dauernden parallelen Kiffen die Wirkung nicht verfehlte. Einmal war es aber schlichtweg einfach *too much*. Wir assen draussen in einer Kneipe, als ich spürte, dass es mir langsam nicht mehr so gut ging. Darum nahm ich meine Tasche, die ich normalerweise neben dem Stuhl platzierte, zwischen die Beine. Wir hatten schon viel Sangria intus und rauchten noch einen Joint. Das Problem dabei war, dass der Alkohol seine Wirkung immer gleich sofort zeigte, Hasch aber immer verzögert *einfuhr*. Als das Rauchzeugs seine volle Wirkung zeigte, wurde mir übel. Bevor ich mich übergeben musste, dachte ich noch daran, dass ich meine Tasche ja neben dem Stuhl platziert hatte, und übergab mich nach vorne gerichtet. Ich platzierte die gesamte Ladung direkt in meine halbgefüllte Tasche rein. Meine Kollegen lachten sich kaputt. Ich nahm meinen *Toro* und fuhr irgendwie früh nach Hause. Meine Kollegen lernten noch eine Gruppe Skandinavier kennen, die den ganzen Sommer in Spanien verbrachten, da sie sich zuhause arbeitslos gemeldet hatten. Die schon damals grosszügigen nordischen Sozialsysteme bezahlten ihnen ein Arbeitslosengeld, mit dem sie in Spanien fürstlich leben konnten, ohne sich wieder bei den Behörden melden zu müssen.

Da Alkohol in Ländern wie Dänemark, Schweden oder Norwegen für junge Leute fast unerschwinglich teuer war, kauften unsere neuen Freunde den Bacardi in Spanien gleich kistenweise. Abends gab es dann grosse Partys am Strand. Die neuen Freunde lieferten den *Bacardi* und wir das Zeug zum Kiffen dazu. *Chrigu* verliebte sich in eine grossgewachsene, sehr attraktive Norwegerin. *Fridu* und ich standen leer da und füllten uns dafür die Hucke umso kräftiger. Da es langsam kühl wurde, begannen wir zu frieren. Wir entschlossen uns, mit den Töfflis zu unserer ca. 20 Minuten entfernten Hütte zu fahren, um Pullover zu holen. Der Rückweg führte an einer Saline vorbei, die Strasse führte teilweise auf einer Art Damm quer durch die Saline durch und endete mit einer abrupt auftauchenden, scharfen Kurve, bevor man die Saline wieder verliess. Auf der Rückfahrt zum Strand veranstalteten Fritz und ich ein Rennen. Fridus *Toro* war leider etwas schneller als meiner, was mich mächtig wurmte und mich zu einer extrem risikofreudigen Fahrweise zwang.

Plötzlich wurde Fritz langsamer und ich sah meine Chance als gekommen und setzte gleich zum Überholen an. Als ich ihn mit einem Schrei absoluter Glückseligkeit überholte, merkte ich, warum ich Fritz überholen konnte. Wir waren mitten in dieser Haarnadelkurve drin und ich flog in grossem Bogen mit meiner *Toro* mitten in den Salzsee rein. Zum Glück war die Saline nicht tief. Völlig nass und versalzen entstieg ich dem See. Nachdem sich mein Freund von seinen Lachkrämpfen erholt hatte, half er mir, die *Toro* aus der Saline raus zu fischen. Als ich die Maschine starten wollte, ging gar nichts mehr.

Die Freunde lachten sich kaputt, als wir zu zweit auf seinem Töffli zurück zur Beachparty kamen. Ich zwar mit Pullover, aber völlig durchnässt. Am Schluss des Urlaubs wurde Bauer *Fridu*, den man bis dato nie mit einer Frau gesehen hatte, für uns alle völlig überraschend von einer vollbusigen deutschen Frau aufgerissen.

Zurück bei unseren Freunden – blockiertes Liebesglück

Nach unserer Rückkehr wurden wir zuhause gefeiert wie Stars. Wir hatten ja auch viel zu erzählen. Zudem waren wir alle braungebrannt und sahen aus wie junge Götter. Ich hatte bis dato wenig Erfahrung mit Frauen, verehrte sie aber sehr. In dieser Zeit begannen sich *Chrige*, ein Neuzugang unserer Gruppe, eine hübsche, braunhaarige, sehr natürliche Frau, sowie auch *Conne*[30], eine blonde Zahnarzttochter, für mich zu interessieren. Sie waren Freundinnen meiner Schwester und dadurch ergaben sich viele Möglichkeiten, sie zu sehen und was abzumachen. Ich ging ab und zu mit Conne an den Waldrand wo wir rumschmusten. Mehr lag aber für mich nicht drin, da ich sexuell völlig verklemmt war. Meine Mutter hatte mir und meinem Bruder da unbeabsichtigt Riesenkomplexe anerzogen. Wenn früher zuhause beim Schauen eines Films nur schon eine Kuss-Szene erschien, begann sie zuerst leise und dann immer kräftiger zu hüsteln, versuchte uns abzulenken und stellte dann einen andern Sender ein. Ich beschäftigte mich später intensiv mit dem Thema und löste das Problem, während mein Bruder bis zum heutigen Tage darunter leidet. Ich fand das immer sehr schade für ihn, weil er ein Familientyp ist und sich nichts mehr wünschte als eine tolle Beziehung. Er wäre sich ein super Vater geworden.

Meine Beziehung mit *Chrige* war intensiv. Wir liebten uns wirklich und ich hatte immer Schmetterlinge im Bauch, bevor wir uns trafen. Sie war eine sehr natürliche Frau und ein Typ wie meine damalige Schulfreundin *Donata*. *Chrige* liebte Pferde über alles und wohnte direkt über einem Stall. Ich besuchte sie ab und zu und wir machten zusammen im Heu rum. Aber immer wenn es weiter ging als Küssen und Petting, klemmte es bei mir. Leider konnte ich ihr nicht sagen, dass ich noch Jungfrau war, sonst hätte sie mir sicher bei der Lösung des Problems helfen können. Da sie natürlich Sex wollte und dies mit mir nicht haben konnte, ging sie eine Beziehung mit Staldi, einem andern Kollegen aus dieser Zeit, ein, was mich sehr eifersüchtig machte. Die beiden hatten dann später zwei Kinder zusammen, trennten sich aber nach einigen Jahren wieder.

In dieser Zeit begann die grosse Liebe zwischen meinem Freund *Chrigu* und meiner Schwester. Wir waren oft zu dritt unterwegs, wenn nicht in der ganzen Gruppe. Die Freunde dachten wohl, dass ich mir nicht viel machen würde aus Frauen, dabei dachte ich an kaum was anderes, versuchte aber äusserlich cool zu bleiben und fand meine vermeintliche emotionale Zuwendung im Hasch, das ich zu dieser Zeit exzessiv konsumierte.

Später hatte meine Schwester eine neue Freundin, das Esthi. Sie war eigentlich überhaupt kein Freaktyp. Esthi war ein kleiner, bübisch wirkender Rotschopf mit kurzgeschnittenen Haaren und Sommersprossen, die viel Wert auf Ausbildung legte und als Einzelkind mit ihren Eltern in einer kleinen Wohnung sehr angepasst lebte. Sie begann aber zu kiffen, weil sie zu unserer Gruppe gehören wollte. Auch Esthi und ich versuchten, gemeinsam Sex zu haben. Wir trafen uns oft bei ihr zuhause und gingen häufig in den Wald. Aber bei mir bewegte sich einfach nie was. Schliesslich passierte auch hier das Unvermeidliche. Mein Freund Ohrli witterte hier eine Chance für ein freudvolles Liebesglück, das die beiden dann auch voll auslebten. Um meine Eifersucht nicht so stark zu spüren, lud ich meine Joints von da an mit der doppelten Menge des vermeintlich glückbringenden Stoffs. Das war meine Standardreaktion auf diese Situation.

Ich litt innerlich stark in dieser Zeit. Aber wie viele Clowns flüchtete ich dann halt aus meiner inneren Melancholie in die Rolle des Hofnarren, was mir relativ einfach fiel, da mir einfach immer viel Ungewöhnliches passierte. Das Grösste war, als ich mal an einem wunderschönen Vorsommertag mit meinem *Gogo* zur Seerose, einer beliebten Ausflugs-Kneipe am Moossee mit Kiesvorplatz und direkt anhängender Gartenwirtschaft, raste, da ich etwas spät dran war, und vor meinen bereits am Tischli sitzenden vollgekifften Kollegen eine super Bremsung hinlegen wollte, um voll abzubrillieren. Leider erwischte ich die Vorderbremse und legte eine spektakuläre Landung der Spitzenklasse hin. Voll rein in den Kies, wie damals in Formentera in die Saline. Die Gartenwirtschaft war voll – den Gästen fielen vor Lachen glatt die Erdbeeren von ihren Coupes Romanoff.

Mit dem Töffli unterwegs

Töfflis waren zu der Zeit DAS Fortbewegungsmittel für Teens! Die mehr intellektuelleren Jungs fuhren *Velo Solex*, die arbeitenden Prolos, zu denen wir uns zählten, fuhren Puch oder *Sachs*-Zweigang-Maschinen und die Girls *Ciao* von *Piaggio* oder ein *Maxi* von *Puch*. An einem Novembertag besuchten mein Freund Neumann und ich zwei Mädchen in Herzogenbuchsee, die wir eine Woche vorher in Bern kennengelernt hatten. Leider liessen sie uns dann im Laufe des Abends abblitzen und wir standen um 23:00 bei sehr schlechtem Wetter buchstäblich im Regen. Da wir nicht wussten, wie wir wieder nach Hause hätten kommen sollen, klauten wir zwei Mofas auf einem Parkplatz. Neumann ein *Maxi* und ich ein *Gogo*, ein unmöglich designter Automat einer holländischen Marke. Bei starkem Regen fuhren wir schliesslich, schlotternd vor Kälte, nach Bern zurück. Nach einer kurzen Analyse, inwieweit wir in Bezug auf diese Aktion gefährdet waren, entscheiden wir uns, die Töfflis zu behalten.

Da alle Kollegen bekannte Marken fuhren und ich eh immer anders sein wollte als die anderen, machte ich quasi den Bock zum Gärtner, und machte mein *Gogo* zum Kultmodell. Ich liess es von einem Kollegen frisieren (Kolbenfenster und Zylinder-Auslass) und hatte danach ein Moped das 60 km/h lief. Schrecklich gelb aber unglaublich schnell, wenn es mal auf Touren war. Die Beschleunigung allerdings war katastrophal. Ich rollte das Feld jeweils quasi von hinten auf und war häufig als Erster am Ziel.

Wir verbrachten viel Zeit rund um den Moossee. Der See hat die Form einer Niere, ist 1.5 Kilometer lang und an seiner breitesten Stelle so 500 Meter breit. Im Sommer und Herbst hingen wir oft im Restaurant Seerose rum, wo man auch Boote mieten konnte, mit denen wir dann auf dem See rumruderten. Wir zündeten uns dabei manche Joints an. Während des Sommers trafen wir uns zudem regelmässig im Strandbad, wo wir die hintere Ecke zu unserem Revier machten, indem wir laut Musik hörten und viel kifften. Damit vertrieben wir die Normalos aus unserer Ecke. In der Zeit lernten wir auch Freunde aus den Nachbarorten Münchenbuchsee, Moosseedorf und Schönbühl kennen und vergrösserten unsere Clique. Einer der neuen Freunde davon war *Heneli*[31], ein kleiner, witziger Typ mit blonden krausen Haaren, etwas älter als wir. Er besass damals ein Inneneinrichtungsgeschäft und hatte eine sehr cool eingerichtet Wohnung in Münchenbuchsee, ausgestattet mit der besten Stereoanlage der Region. Er hatte einen sehr guten Musikgeschmack und kiffte wie ein Gepickter. Bei ihm lernte ich die Musik von James Brown, *JJ Cale* und andere coolen Combos kennen. *Heneli* genoss einen Kult-Status. Er kleidete sich im Gegensatz zu uns auch immer sehr gut. Sein Vater führte einen kleinen Bauernhof und *Heneli* wohnte im Stöckli[32], gleich daneben, quasi in seinem eigenen Reich. Einmal dröhnten wir uns wieder mal so richtig zu, als er auf die Idee kam, mit uns allen zusammen nach Bern zu fahren. Mit einem Mini-Traktor mit Anhänger. Er sass auf dem Traktor, wir

Kumpels zu fünft hinten in seinem Anhänger und so fuhren wir mit 35 km/h die 20 Kilometer nach Bern rein direkt an die sogenannte *Front*, den In-Platz, wo *Tout Berne*[33] sich traf. Kurz vor dem Eintreffen bauten wir uns noch einen grossen Joint, den wir dann anzündeten, als wir – in Konkurrenz zu den damals als letzter Schrei geltenden Golf GTI Cabrios oder offenen *Deux Chevaux* – vorfuhren. Wir hatten die volle Show. Die Leute fielen fast vom Stuhl vor Lachen. Die Situation war richtig skurril.

Mein erstes Burnout auf der Vue des Alpes

Direkt nach Ende meiner Lehrzeit erhielt ich das Aufgebot zum Militärdienst. Da mich Militär noch weniger interessierte als Arbeit, gab ich mir bei der „Aushebung" keine Mühe und lieferte eine höchst durchschnittliche Leistung ab. Also wurde ich bei der Infanterie eingeteilt, als Füsilier, den Truppen, die bei einem allfälligen Krieg quasi als Kanonenfutter zuerst vor die Hunde gehen.

Da nach dem Ende der Lehrzeit nur noch ein halbes Jahr blieb bis zu Beginn der Rekrutenschule, kurz RS genannt, fand ich keine Festanstellung, da die potentiellen Arbeitgeber mir dann für die Zeit der RS einen Lohnausgleich hätten bezahlen müssen. Mein Freund *Chräbu*, der mir früher Pariser angeboten hatte, hatte eine Lehre als Koch absolviert und sich in der Zeit richtig gut entwickelt. Er hatte ein paar erfreuliche Abenteuer mit Serviertöchtern hinter sich und war körperlich stärker geworden, was sich beides positiv auf sein Selbstwertgefühl auswirkte. Er gab mit den Tipp, doch als Haus- und Küchenbursche in ein Hotel arbeiten und dabei Lebenserfahrungen sammeln zu gehen. Es sei gleichzeitig auch ein Abenteuer, mal wegzugehen von zuhause. Ich tauschte schliesslich mein Gogo gegen das stärkere Maxi-Mofa von Neumann und fuhr von Bern mit vollem Gepäck auf die *Vue des Alpes* ins gleichnamige Hotel auf der Passhöhe zwischen dem Jura und dem Mittelland in der französischsprachigen Schweiz, *am Arsch der Welt* gelegen. Zum Glück war noch ein anderer Küchenjunge aus Zug an Bord, der auch gerne kiffte. Sonst wäre es mir schon von Anfang an todlangweilig gewesen. Ich musste am Morgen früh aufstehen und als Erstes die Männertoiletten reinigen. Es brauchte mich richtige Überwindung mit meiner Hand tief in die Kloschüsseln einzutauchen und eine minutiöse Reinigung vorzunehmen. Auch die Reinigung der harnversteinten schöngelben Pissoirs war so richtig appetitanregend. Erst danach gab es Frühstück. *La Patronne*, wie die Chefin auf Französisch genannt wurde, war eine richtige Giftnudel und extrem geizig im Umgang mit Geld. Wenn ich in der Küche die aufzubackenden Nussgipfel wieder mal zu lange im Ofen liess und dabei einschwärzte, wurden sie mir vom bescheidenen Lohn von netto 700 Franken abgezogen. Die Patronin war auch ein richtiger Putzteufel, was ich mir aber zu Nutzen machte. Beim Reinigen der Küche schaute sie mir anfangs zu und zeigte mir danach jeweils, wie *man es richtig macht*. Da ich mich extra dumm anstellte, reinigte sie die Küche oft gleich selber. Einmal fragte sie mich, an wen ich sie erinnere. Da ich dastand wie ein Fragezeichen, half sie mir gleich nach: „Ich sehe doch aus wie Queen Elizabeth, nicht wahr René?"

Das Wirte-Ehepaar hatte auch eine vorpubertierende Tochter, die auf mich stand. Sie wollte immer, dass ich sie auf die Schultern nahm und mir ihr *Rössli-Reiter* spiele. Als ich dann einmal merkte dass mein Nacken anschliessend etwas feucht war, liess ich dieses Spiel sein.

Bei schönem Wetter war die Aussicht auf die gesamte Alpenkette schlichtweg phänomenal. An Wochenenden strömten bei schönem Wetter tausende von Leuten auf unsere Terrasse und genossen die Aussicht und die weitherum berühmten Desserts. An diesen Tagen kamen Fabrikarbeiter aus der Uhrenindustrie ins Restaurant, um als zusätzliche Kellner ein Zubrot verdienen zu können. An einem dieser Tage kam der Küchenchef auf mich zu: „Heute zeige ich dir, wie man die Eiscrème-Coupes zubereitet." Er zeigte mir, wie man eine *Pêche Melba*, einen *Eiskaffee* oder eine *Coupe Romanoff* zubereitet. Ich wartete nervös auf die ersten Bestellungen. Jeder Kellner hatte einen Nagel an der Wand, wo er seine Bestellzettelchen anbrachte. Und schon kam die erste Bestellung rein, eine *Pêche Melba*. Ich war so nervös, dass ich die Glacézange zu fest drückte und sie gleich beim ersten Versuch zerbrach. Bei der zweiten passierte mir wieder dasselbe. Und wir hatten total nur drei Zangen. Währenddessen kamen die Kellner laufend reingerannt und die Nägel füllten sich mit Zettelchen, wie in einem Comic. Als ich dann mit der dritten Zange endlich die erste Coupe fertiggestellt hatte, kam ein Kellner rein und fragte schreiend, wo zum Herrgott denn all die bestellten Coupes seien. Er stiess mich weg, nahm sich die Zange und baute sich die Coupe gleich selber, während seine Kollegen reinkamen und sich ebenfalls lauthals beschwerten. Ich stand daneben und begann zu zittern. Schliesslich nahm ich eine rumstehende *Coupe Melba* und schmiss sie vor versammeltem Servierpersonal an die Wand. In diesem Moment brach alles zusammen. Ich kriegte Heulkrämpfe und mein Atem begann unkontrolliert durchzugehen. Die Chefin erkannte den Ernst der Lage sofort und schickte mich gleich aufs Zimmer, wo ich mich aufs Bett legte, schlotternd wie ein Schlosshund.

Da es sich um einen Tag der absoluten Superlative handelte, der jegliche Umsatzrekorde zu brechen schien, bereitete der Koch zur Belohnung ein grosses kaltes Buffet vor, um die hart arbeitenden Kellner am Abend für ihre Leistung zu belohnen. Er hatte feine Salate zubereitet, kaltes Fleisch aufgeschnitten, ja sogar Rauchlachs mit Meerrettichschaum war da. Alles auf dem Herd und den Ablagen mitten in der Küche.

Vom Regen in die Traufe

Als es mir wieder besser ging, spazierte ich draussen herum. Bald erblickte mich die Tochter des Hauses und bat mich, mit ihr Fussball zu spielen. Ich trug dabei sogenannte *Schwedenzoggeli*[34], wie sie beim Küchenpersonal in dieser Zeit üblich waren. Offene Hausschuhe mit gelochtem atmungsfreundlichem Kunststoff-Oberteil und einer dicken, gummierten Holzsohle. Wir spielten direkt hinter der Küche. Das ging eine Zeit lang gut. Bis ich zu einem harten Schuss ansetzte bei welchem sich mein Zoggoli vom rechten Fuss löste und direkt in die Fensterscheibe der Küche flog. Die Scheibe zersplitterte in tausend Stücke – alles direkt auf den Herd mit all den Köstlichkeiten …

Das Personal ass dann schlussendlich *Café Complet*[35], ich hatte meinen ersten totalen Nervenzusammenbruch und meine Zeit auf der Vue des Alpes gehörte definitiv der Vergangenheit an.

Danach arbeitete ich noch ein paar Monate im Betrieb von Guschti[36], dem langjährigen Lebensbegleiter meiner Mutter. Es war die Schulfilmzentrale, die Unterrichtsfilme zu allen möglichen Themen in grossen dicken Kartonverpackungen an Schulen verschickte. Ich war für den Versand und die Rücknahmen zuständig. Da die Verpackungen mehrmals verwendet wurden, musste ich jeweils die Etiketten bei den Rücksendungsverpackungen mit einem biegsamen, sehr scharfen Messer entfernen. An einem Freitagnachmittag rutschte ich mal aus und haute mir das Messer voll in den linken Zeigefinger. Ich durchschnitt mir dabei eine Sehne und darum sieht mein Finger seit damals aus wie eine startende Concorde.

Rekrut Eichenberger

Mein 17-wöchiger Militärdienst begann mit der Einschulung und Grundschule in der Kaserne Bern.

Als Füsilier lernte ich schiessen. Mit dem Sturmgewehr, mit auf dem Gewehr aufgesteckten Granaten sowie mit dem Rack-Rohr[37]. Auch den Umgang mit Handgranaten lernten wir. Geschossen wurde im Schiessstand und später auf dem Gruppenübungsplatz Sand bei Schönbühl, drei Kilometer vom Moossee entfernt. Wir mussten immer von Bern in den Sand marschieren. Das waren 20 Kilometer. Und abends zurück. In der Kaserne mussten wir mehrmals die Woche über die sogenannte Kampfbahn laufen, eine Art Hindernisparcours. Das härtete uns richtig ab.

Wenn wir Ausgang hatten, gingen wir meist was Gutes essen in einer der vielen Kneipen rund um die Kaserne, die zum grossen Teil von den Armeeangehörigen lebten. Dazu tranken wir viel Bier und Wein. Ich war mit den Freiburgern zusammen eingeteilt, Kameraden aus dem deutschsprachigen Teil dieses

Kantons, die gerne viel tranken. Vor allem Schnaps, den sie meist von zuhause mitbrachten.

Mit dem Sämel[38] aus Adelboden verband mich eine tiefe Freundschaft. Er kiffte auch gerne mal eins. Er war in den Bergen aufgewachsen und wie es dort bei den Kids so gang und gäbe war, lugte sein Hemd immer hinten raus. Der wurde dafür von seinen Vorgesetzten immer wieder kritisiert, aber das schien ihm Wurst zu sein. Sämel war richtig cool. Er liess sich nicht einschüchtern und kämmte auch seine blonden Haare aus Prinzip nie. Auch überschritten sie die vorgegebene Maximallänge um ein paar Zentimeter. Leider starb er zwei Jahre nachdem ich ihn kennengelernt hatte, als er im Vollrausch rückwärts mit seinem Datsun Sunny in eine Baugrube stürzte und sich dabei glatt das Genick brach. Es gab damals leider noch keine schützenden Nackenstützen.

Nach der Grundausbildung kam die *Verlegung*, jeweils 2 bis 3 Wochen an andere Orte im Kanton Bern. Ein paar Wochen im Oberland und dann noch im Emmental. Ins Emmental mussten wir sogar zu Fuss marschieren, im Rahmen eines 50-km-Nachtmarsches. Die Freiburger tranken primär *Bätzi*[39] aus ihren Feldflaschen. Der Marsch dauerte ewig und kostete viel Kraft. Auch mental. Kurz vor dem Erreichen unseres Zieles bei Burgdorf passierte dann noch etwas Spezielles, als der gut einen Meter neunzig grosse Riesenmey aus Biel, der in der Kaserne immer eine grosse Klappe hatte und dessen Vater Staubsauger verkaufte, nach einer Abkürzung quer durch den Wald beim Einmünden auf das Strässchen völlig erschöpft einfach geradeaus weiterging. Wir hörten nur noch lautes Knacken, einen müden Schrei und sahen Sturmgewehr, Rackrohr und Rucksack umherfliegen. Schliesslich zogen wir ihn raus aus dem Dickicht. Er sah erbärmlich aus. Zitternd, völlig verdreckt und von den Brombeerstauden völlig zerstochen, so wie ein Storch, der versehentlich im Dschungel gelandet war.

Wir hatten in der Verlegung viel Spass, genossen mehr Freiraum und kifften uns dauernd voll. Wir machten uns einen Spass draus, die Korporale zu verarschen, die uns laute Befehle gaben, welche wir dann im Rahmen unserer Möglichkeiten befolgten oder eben nicht befolgten. Einmal musste Sämel Sonntagswache schieben. Da zog er sich einen LSD-Trip rein, klaute ein Militärmotorrad und machte einen Ausflug ins Freiburgische. Zum Glück erwischte ihn niemand dabei.

Ein anderer Kollege klaute bei Übungen dauernd Munition und *Trotyl*-Sprengstoff sowie auch Handgranaten, die er an den Wochenenden in seinem *Eff-Sack*[40] nach Hause trug. Wir mussten nach dem Üben mit Handgranaten am Schluss immer die sogenannten Abzugsperlen abgeben, die man in der Hand behielt, nachdem man damit die Zündung ausgelöst hatte. Aber die Bilanz stimmte nie.

Meine Freunde waren mir während der RS eine grosse Stütze. Als ich jeweils nach Hause kam, streifte ich mir sofort die Uniform ab und stürzte mich in Zivilkleider, die mir wie Symbole einer Befreiung vorkamen. Ich ging dann jeweils grad auf die Suche nach meiner Clique. Chrigu, der als Automechaniker arbeitete, hatte schon einen Wagen, einen *Sunbeam*, mit dem er mich ab und zu sogar abholte. Viele Rekruten wurden von ihren Freundinnen abgeholt. Da litt ich auch ab und zu, da ich ja keine hatte zu der Zeit, nur Kolleginnen. Ich war damals viel mit Chrige[41] zusammen, die Reiterin, von der ich früher schon erzählte.

Geld verdienen und ab nach Haschghanistan

Nach meiner Lehrzeit musste ich Geld verdienen. Ich wohnte noch zuhause, wollte aber meiner Mutter etwas Geld bezahlen für Kost und Logis. In der Zeit war ich häufig mit Ohrli zusammen, einem Kollegen den ich schon länger kannte. Er war extrem nett und voll sportlich. Er hatte einen super Body. Ohrli fragte mich, ob ich mitkäme auf eine Reise ins Hippie-Paradies Goa. Ich sagte zu. Er arbeitete damals bei einem Gartenbauunternehmen und fragte seinen Chef, ob er noch einen brauche könne. Der Chef sagte zu und ich pflanzte fortan Tännchen und säte Rasen auf Sportplätzen an. Ohrli und ich machten immer zusammen Mittagspause und schmiedeten dabei Pläne für die grosse Reise. Ich sah uns in meinem geistigen Auge schon auf abenteuerliche Art und Weise durch die farbigen Städte des Orients reisen, wildfremde Menschen kennenlernen, Basare durchqueren und Häfen entdecken. Dank unseren Zukunftsplänen war dieser Job überhaupt auszuhalten. Die anderen Arbeiter waren in der Regel sehr einfache Typen, die immer nur vom Saufen und Vögeln redeten.

Nach ein paar Monaten begann mich der Job trotz Ohrlis Gesellschaft anzuöden. Auch hatte ich die harte körperliche Arbeit satt. Ich suchte mir wieder einen Job im Büro und fand ihn beim kantonalen Hochbauamt. Die Arbeit war zwar wiederum sehr eintönig, aber die Arbeitsatmosphäre ruhig und die Kollegen ziemlich nett. Im Frühling starteten Ohrli und ich dann zur grossen Reise. *Gölu*, ein Freund und Gitarrist, heute einer der besten in der Schweiz, brachte uns nach Chiasso an die Grenze. Von da aus fuhren wir mit Zug und Schiff nach Kreta, wo wir im damaligen bekannten Hippieort *Matala* residierten. Wir blieben drei Wochen dort, assen griechisches Joghurt mit Honig bis zum Abwinken, gingen täglich an den Beach und machten viele Liegestütze, Knie- und Rumpfbeugen, um uns fit zu halten für die weitere Reise. Danach ging`s mit dem Schiff via Rhodos in die Südtürkei. Das Essen dort fanden wir super. Weniger gefiel uns die Tatsache, dass in den Kneipen nur Männer sassen und dass die ab und zu sogar miteinander tanzten. Frauen sah man keine im Ausgang. Nach ein paar Tagen in dieser schönen Gegend ging`s weiter nach Ankara, einer schmucklosen und öden Stadt. Danach mit Bussen zuerst nach Erzurum in der Osttürkei, nahe des berühmten Berges Ararat, und dann weiter nach Teheran im Iran. In Teheran fühlten wir uns gar nicht willkommen, ausser in den typischen Hippie-Hotels und Restaurants, von denen es damals viele gab, da die Strecke von Istanbul über Iran, Afghanistan und Pakistan nach Indien zu der Zeit eine richtige Hippie-Pilgerroute war. Beim Überqueren der Strasse schienen die Fahrer in ihren alten Mercedes mit dem Stern auf der Kühlerhaube förmlich auf uns zu zielen. Ich war jeweils froh, heil auf der andern Seite angekommen zu sein. In der Stadt Meshed erlebte ich dann ein ganz anderes Bild. Die Männer waren nett – Frauen sah man praktisch keine und wenn, dann nur verschleiert. Wir mussten uns immer den strengen Regeln der Gastländer anpassen. So zogen wir beim Betreten eines heiligen Gebäudes auch immer die Schuhe aus und trugen extra langärmlige Kleider. Wir verbrachten die meiste Zeit bei den Teppichhändlern, die uns Tee und ab und zu feine Essenshäppchen brachten, auch als sie wussten, dass wir nichts kaufen würden, da wir ja auf dem Weg nach Indien waren. Die Grenze zu Afghanistan war sehr spannend. Auf einem Klo fand ich zwei Platten von ca. 100 Gramm feinst riechendem afghanischen Haschisch, damals das Nonplusultra in Sachen Qualität. Ein Schmuggler hatte es wahrscheinlich im letzten Moment deponiert, aus Angst vor den zu erwartenden drakonischen Strafen, falls ihn die Zöllner erwischt hätten.

In Afghanistan ging's dann weiter mit alten Mercedes-Mini-Bussen. Alle paar Kilometer gab's Schranken, wo stolze Männer in Turbanen den Wegzoll eintrieben. Wenn ein Bach in der Nähe war, lief der Fahrer jeweils mit einem leeren Eimer hin und brachte Wasser zurück für die Kühlung des Motors, der seinen Dienst sonst überhitzt aufgegeben hätte.

In Herat angekommen standen schon kleine Jungs um den Bus herum und wollten uns zu Hotels und Restaurants bringen, um dort dann eine Kommission für die Vermittlung zu kassieren.

Einige zogen Platten mit Hasch aus ihren Hosen und wollten uns gleich Stoff verkaufen. Wir waren zwar brennend daran interessiert an dem berühmten Stoff, waren aber achtsam und wollten uns nicht reinlegen lassen. Wir fragten später modern aussehende junge Afghanen, die in einem Garten sassen, ob sie uns was besorgen könnten. Von ihnen kriegten wir dann die gewünschte Ware. Zweite Qualität nur, wie sie erwähnten. Produkte erster Wahl gäbe es nur in den Bergen und die Superqualität würde fast nie an Touristen verkauft.

Als wir die erste Pfeife rauchten – in unserem Hotel notabene – lagen wir nachher wie Engerlinge auf den Betten rum und kugelten uns vor Lachen. So gut war der Stoff! Plötzlich klopfte es an der Tür. Wir öffneten und ein kugelrunder, putzig aussehender Mann mit typischem Afghanen-Hut schimpfte lauthals, dass es in seinem Hotel nicht erlaubt sei zu kiffen. Ausser man kaufte den Stoff bei ihm. Nachdem wir uns wieder rollten, so irr war die Szene, kauften wir ihm schliesslich etwas Stoff ab. Seine Ware war allerdings von minderwertiger Qualität und wir rauchten weiterhin unser Zeugs, aber durch den strategischen Deal hatten wir uns die Legimitation zum Rauchen erworben.

Abends traf man sich in einem typischen Hippie-Restaurant , ass gutes lokales Essen, trank schwarzen Tee dazu und genoss den Austausch mit anderen Reisenden zur Musik von Creedance Clearwater Revival, kurz CCR.

Herat sah sehr mittelalterlich aus mit Ausnahme eines öffentlichen Swimming Pools- wo wir täglich schwimmen gingen. Die Afghanen selber gingen nie ins Wasser. Sie sassen einfach im arabischen Schlafsitz auf ihren Fersen in ihren weiten, hellen Gewändern und schauten uns stundenlang zu, ohne dabei eine Miene zu verziehen.

Der Marktplatz war richtig urig. Die Transporte wurden mit von Mauleseln gezogenen Holzwagen mit Holzrädern gemacht, auf denen die Fahrer im Schneidersitz sassen und unglaubliches

Geschick an den Tag legten bei ihren Manövern. Auch in Herat besuchten wir praktisch täglich die Teppichhändler, welche uns mit Tee und Essen versorgten, wie wir es schon in Ostiran erlebt hatten. Mit der Zeit entwickelten sich richtige Freundschaften.

Das Fleisch hing vor den Häusern an der frischen Luft. Eisverkäufer verkauften blockweise Eis und gekühlte Getränke der Marke Coca Cola und Fanta.

Fleischvergiftung und afghanische Wandmalereien

Einmal wurden wir von einem Afghanen zum Essen eingeladen. Obwohl wir uns bewusst nur vegetarisch ernährt hatten nach dem Verlassen des Irans, assen wir die Lammfleischbällchen, die uns serviert wurden. Sie schmeckten hervorragend, gewürzt mit kräftigen Kräutern, scharfem Chili und einer Prise Knoblauch an einer feinen Joghurtsauce. Innen waren sie noch ganz leicht rosa. Zum Dessert gab's Melonen.

Am andern Tag wurden wir beide von heftigen Bauchkrämpfen geweckt. Bevor ich aufstehen konnte, schiss ich direkt ins Bett. Es gab kein Halten mehr. Ich rannte aufs WC, um dort die nächste Welle, begleitet von unglaublichen Krämpfen loszuwerden. Als ich dann meinen Po wie lokal üblich mit der linken Hand gereinigt hatte und den zum Reinigen der Hand angebrachte Wasserhahn betätigte, kam nur ein bisschen Luft raus. Es gab zu dieser Zeit nur während 4 Stunden pro Tag fliessendes Wasser. Seit dieser Zeit weiss ich, wo gewisse Wandmalereien herkommen.

Zum Glück wohnte im Zimmer neben uns ein Franzose, der seit Jahren um die Welt reiste und sich die Überfahrten wenn möglich auf Schiffen, als temporär anheuernder Matrose, verdiente. Er besorgte weissen Reis und fütterte uns zusätzlich mit geschälten, rohen Karotten, während wir mit über 40 Grad hohem Fieber im Bett lagen. Er war wie eine Mutter zu uns und brachte uns nach ein paar Tagen wieder auf die Beine. Ich war noch ganze 49 Kilo schwer und sah aus wie eine Leiche. Auch dem sportlichen Ohrli hingen die Muckis völlig von den Knochen runter.

Als wir wieder einigermassen bei Kräften waren, wollten wir einfach nur nach Hause zurück. Wir wählten den Weg via Schwarzmeerküste zurück nach Istanbul und bestiegen in Trabzon ein Schiff. Auf dem Schiff entdeckte uns ein kleiner Türke, der sofort gemerkt hatte, dass wir was zum Rauchen suchten. Er sagte immer „Istanbul good Haschhasch good" und verkaufte uns dann grüne, sogenannte Türkenplättchen, die wir auf dem Deck oben rauchten. Die Qualität war okay, aber verglichen mit dem Stoff aus Afghanistan nur noch Schwachstrom. Die Einfahrt nach Istanbul via Bosporus war eindrücklich. Wir verbrachten dann noch drei Tage in dieser grossen und aufregenden Stadt, assen Pudding und *Shish Kebab* und gingen ins *Hamam*. Das war ein Erlebnis der Sonderklasse. Nachdem wir zuerst eine gefühlte Stunde in einem feuchten, warmen Raum rumsassen, kam plötzlich ein Typ mit dem Körper eines Gewichthebers auf mich zu und brachte mich zu einem Massagetisch. Er knetete mich durch, so dass ich nachher weich wie Butter war und nur noch schlafen wollte. Er hatte mir mit seinen goldenen Händen das ganze afghanische Leiden wegmassiert. Danach schlief ich volle 24 Stunden durch.

Nach unserer Rückreise hatten wir noch Geld und Zeit. Da der Sommer gerade begonnen hatte, entschieden wir uns, nach Korsika zu fahren. In Calvi schliefen wir in unseren Schlafsäcken direkt am Strand.

Als wir einmal nachts am Strand Richtung Städtchen gingen, kamen wir an einer Open-Air-Disco vorbei. Rund um die Disco lagen überall Pärchen rum, die Sex hatten, direkt am Strand. Es war die musikalische Zeit von France Galles „Ella elle l'a" und „Je t'aime moi non plus" von Serge Gainsbourg. Wir waren im Land der Liebe angekommen! Am andern Tag lernten wir zwei hübsche braunhaarige Französinnen kennen. Sie kamen aus einem Vorort von Paris und begleiteten uns nachts zu unseren Schlafsäcken. Die Mädchen waren genauso freizügig wie ihre Landsleute und verwöhnten uns nach Strich und Faden. Da hatte ich das erste Mal so richtig Freude mit einer Frau! Die Frauen blieben ein paar Tagen bei uns und wir hatten es wie Gott in Frankreich. Sie nannten uns liebevoll „Les Petits Suisses", benannt nach den berühmten Produkten des französischen Milchverarbeiters Gervais.

Die erste feste Stelle und Zeiten einer vorsichtigen Konsolidierung

Nach drei wunderbaren Wochen auf dieser tollen Insel kamen Ohrli und ich sehr entspannt nach Hause. Wir hatten unser früheres Gewicht aber noch nicht erreicht und als mich meine Mutter sah, bat sie mich, nun unbedingt endlich vernünftig zu werden und mir eine feste Arbeit zu suchen. Dank des Zeugnisses des kantonalen Hochbauamts kriegte ich schliesslich eine Stelle als Verwaltungsbeamter bei der Kantonalen Staatskanzlei. Ich arbeitete nun direkt neben dem Rathaus in einem alten Sandsteingebäude. Mein Job war es, die Post für den Regierungsrat vorzusondieren, Beglaubigungen und offizielle Dokumente auszustellen. Während der folgenden zwei Jahre unterschrieb ich täglich zwischen 200 und 300 Heimatscheine. Meine Unterschrift wurde in der Zeit immer kürzer und kürzer, bis es sich praktisch nur noch um ein Visum handelte. Diese Unterschrift habe ich bis heute beibehalten.

Meine Chefin war eine extrem komische, etwas unproportionierte junge Frau, die mir dauernd von ihrem USA-Aufenthalt in Cincinnati erzählte. Sie war der Typ *egozentrische Streberfrau* und ging mir ziemlich auf den Sack. Sie hatte auch so etwas religiös Verklemmtes. Nach wenigen Monaten eröffnete mir Ruthli, dass sie eine andere Stelle beim Kanton gefunden hätte, was mich sehr glücklich machte. Ihr Nachfolger war dann ein toller Kerl. Er hiess Stefan, war mit einer Walliserin liiert, reiste sehr viel und ging über Mittag immer nach Hause, wo seine Freundin für ihn kochte. Er trank jeden Mittag einen halben *Dôle*[42] dazu und kam immer ganz froh zur Arbeit zurück. Er war ein Mensch mit vielen Gewohnheiten. So ging er nach Feierabend täglich ins Pyri, das *Café des Pyrenées,* wo er sich praktisch jeden Abend direkt nach der Arbeit mit den immer gleichen Freunden zu einem Feierabend-Bier traf, bevor er dann, wiederum pünktlich, nach Hause ging. Stefans Leben war voll durchorganisiert. Er wollte aber seine Freundin, mit der er schon jahrelang zusammen war, partout nicht heiraten, obwohl sie sich das heimlich wünschte, wie sie mir mal vertraulich mitteilte. Mit Stefan zusammen hatte ich viel Spass. Ab und zu gingen wir nach Feierabend mit den Übersetzern, mit denen wir uns ausgezeichnet verstanden, sowie Andy dem hauseigenen Drucker, der in seiner Freizeit ein engagierter *Pontonier*[43] war, in die *Krone* oder *Zu Webern,* zwei Beizen gleich auf der andere Strassenseite, um kühlen Weisswein und Bier zu trinken.

Später kam eine neue Mitarbeiterin zu uns. Lisi[44], eine attraktive Frau mit einer bestechenden Oberweite, in den besten Jahren, die nach einem schweren Autounfall einige Beschwerden beim Gehen hatte. Wir schlossen sie sofort ins Herz. Sie war der Typ *charmantes Luxusweibchen mit einer gesunden Bodenständigkeit* und wir verstanden nicht, warum sie bei uns auftauchte, in einem Umfeld, wo der Amtsschimmel herrschte. Sie passte überhaupt nicht ins Schema des Staatsbetriebes. Lisi war eine extrem mutige Frau und vorher monatelang alleine mit dem Motorrad in Libyen, Iran und im Irak unterwegs gewesen. Um nicht sofort als Frau erkannt zu werden, schnitt sie ihre Haare kurz und trug oft weite Männerkleider, die ihre weiblichen Formen bedeckten. Lisi hatte dauernd irgendwelche Männergeschichten am Laufen und nutzte mich ab und zu als Berater. Einmal erzählte sie uns, dass ihre Familie die herrschaftliche Villa in Wabern nicht mehr halten könne, da der Eigenmietwert zu stark angewachsen sei und das Familienbudget überfordere. Wahrlich ein betrübliches Kapitel in der Schweiz, das dafür sorgt, dass viele alteingesessene Familien ihre Güter nicht mehr halten können, da ein sogenannter Eigenmietwert anfällt, auch über die Pensionierung der Eigentümer hinaus. Vom einen Tag auf den andern war Lisi übrigens wieder weg und zwar wie vom Erdboden verschwunden. Weder Stefan noch ich hörten je wieder was von ihr.

Adjunkt Boichat & Co.

Ab und zu kamen auch Adjunkt Boichat und Buchhalter Egger mit in die Beiz nach Feierabend. Etwas seltener auch noch Müller, ein Mann mit kaufmännischer Ausbildung, der für die Durchführung der Wahlen und Abstimmungen verantwortlich war. Ein Job, der eigentliche eine juristische Ausbildung voraussetzt, was Müller aber mit hoher Kompetenz und noch höherer Leistungsbereitschaft kompensierte. Trotzdem litt er unter dem fehlenden Jurastudium, wie er uns jeweils nach zwei, drei Glas *Vully*[45] offenbarte. Ausser Egger waren alle trinkfest. Egger vertrug den Alkohol überhaupt nicht, was ihn aber nicht daran hinderte, trotzdem ganz anständig was zu trinken. Einmal fanden wir ihn stockbesoffen in der Telefonkabine sitzen, als er gerade seine Frau anrufen wollte, um sie zu fragen, an welcher Adresse er denn eigentlich zuhause sei.

Ein Höhepunkt in meiner Zeit beim Staat war der offizielle Besuch *der Fédération Equestre International* in Bern, einer Vereinigung von Pferdefreunden, bei welcher der englische Prinz Charles den Vorsitz hatte. Es gab einen offiziellen Empfang im Rathaus. Adjunkt Boichat oblag die Organisation dieses denkwürdigen Anlasses, quasi das Sahnehäubchen seiner Beamten-Karriere.

Dank diplomatischem Geschick und einem extrem anpassungs-
fähigen Charakter hatte es der stille Schaffer zur Position eines
gut bezahlten und ebenso gut abgesicherten Adjunkten gebracht. Bei uns in der Kanzlei befanden sich die Postfächer aller
Abteilungen, deren Vertreter ich dadurch täglich zweimal zu
Gesicht bekam. Ich musste die Post jeweils am Morgen als erste
Amtshandlung verteilen. Zwischen Eingang und unseren Büros
befand sich eine Art Saloon-Tür, deren zwei Teile mit Scharnie-
ren seitlich befestigt waren. Jeden Morgen um exakt dieselbe
Zeit kam Boichat rein. Er trug meistens drei schwere
Bundesordner, die er dann, nachdem er sich mit einem Blick
über den Rand seiner dickglasigen, viereckigen Brille vergewis-
sert hatte, dass jeder hinschaute, mit einem lauten Seufzer auf
die Ablage stellte. Dann versicherte er sich wiederum mit einem
Rundumblick, dass alle alles mitbekommen hatten. Ich biss mir
immer auf die Unterlippe um nicht laut loszulachen, da es einfach nur komisch war. Danach sortiere er seine Post, legte sie
zuoberst auf die Ordner und verschwand wieder mit dem fast
selben Ritual.

Am Tag des Reiter-Besuches schauten wir von unserem im ersten Stock gelegenen Büro runter auf den Rathausplatz. Da sahen
wir all die traditionell gewandeten Teilnehmer und die Vertreter

der Berner Regierung im Gespräch mit Prinz Charles. Alles war ruhig, es sah fast aus wie auf einem Bild. Nur etwas störte. Mitten drin sah man ein kleines Männchen mit mehreren gestapelten Ordnern rumsausen wie eine wildgewordene Wespe. Es war Boichat. Obernervös versuchte er, den ganzen Anlass unter Kontrolle zu haben. Wir lachten uns kaputt.

Mein aktiver Schutzengel

Einmal durften wir an einem Freitagnachmittag runter in den Staatskeller. Da tranken wir weissen Staatswein von der St. Petersinsel. Und nicht zu wenig davon! Am Abend traf ich mich mit meinen Freunden im *Mayfair*. Wir beschlossen, nach Detligen zu fahren, um dort in einer Beiz die besten Pizzas der Region zu essen. Ich hatte mir kurz davor mein erstes Auto gekauft. Wieder einmal anders als die andern, keinen *Deux Chevaux* oder Renault R4 sondern einen grünen Peugeot 204. So lud ich meine Karre voller Freunde und fuhr an diesem spätherbstlichen Freitag los. Unterwegs zündete einer der Freunde einen Joint an. Ausgangs Innerberg gab's eine langgezogene Kurve, die plötzlich schärfer wurde. Da es bereits etwas eisig war, kam der Wagen ins Schleudern und ich brauste plötzlich mit 80 km/h über eine frisch gemähte Wiese, einen halben Meter an einem Telefonmast vorbei. Da ich wusste, dass wir bei einem Halt steckengeblieben wären, manövrierte ich meine Karre irgendwie auf die Strasse zurück. Mein Schutzengel war wieder mal aktiv gewesen.

In dieser Zeit nahm ich mir auch eine erste eigene Wohnung, zusammen mit Chrigu, der damals fest mit meiner Schwester liiert war. Es war das Haus des Vaters von Theo, einem Freund meines Bruders. Theo feierte selber auch gerne Partys und war natürlich auch mit von der Partie, als wir unsere Wohnung einweihten. Viele Freunde waren gekommen und wir waren voll am Feiern, mit gutem Essen, viel Wein und vielen Joints, als es plötzlich klingelte. Ich ging runter. Es war die Polizei. Ein Nachbar hatte reklamiert und die Polizei gerufen. Ich versprach den beiden, ruhiger zu werden. Ging dann aber hoch und gleich auf den Balkon. Dort schrie ich in Leibeskräften in die Nach hinaus: „Welches feige Arschloch hat nicht den Mut, sich direkt bei uns zu beschweren, sondern ruft gleich die Polizei?!" Stellte die Boxen auf den Balkon und beschallte gleich das Quartier. Die Polizei tauchte nicht mehr auf an diesem Abend.

Es war dieser feige, kleinkarierte Geist anno dazumal, der mich auch in den nächsten Jahren immer wieder raus aus der Schweiz, in ferne Länder trieb, um dem engen Karo der Heimat zu entfliehen. Zu dieser Zeit waren viele Leute hierzulande einfach extreme *Bünzlis*[46]!

Ab und zu fuhren wir für verlängerte Weekends oder für eine Woche runter nach Südfrankreich oder sogar noch weiter nach Nordspanien. Meist war Saint Maries de la Mer, der Zigeunerort in der Provence, der Dreh- und Angelpunkt für unsere Abenteuer. Einmal waren wir in Arles an den jährlich stattfindenden Stierkämpfen, den *Ferias*, wo alle Mutigen in die Arena steigen und versuchen, dem Stier auszuweichen. Der Stier wird nicht getötet bei diesen Spielen. Anschliessend gingen wir zur grossen Place und entschieden uns, in jeder Bar rund um den Platz je einen Pastis Ex und Hopp zu uns zu nehmen. Danach waren wir sowas von dicht, dass wir nur noch schlafen wollten. Wir bestiegen meinen Peugeot und fuhren einfach ins Grüne raus. Ich stoppte im Dunkel der Nacht an einer freien Stelle, wo wir unsere Schlafsäcke ausrollten und sofort einschliefen. Anderntags wurde ich von Fliegen geweckt, die mir um den Kopf flogen. Als ich meine Augen öffnete, sah ich, dass wir mitten auf einer Müllhalde gepennt hatten!

Ein anderes Mal gingen wir in ein bekanntes Restaurant, um *Bouillabaisse* zu essen, die berühmte Fischsuppe mit den schwimmenden Knoblauchsaucebrötchen. Plötzlich musste ich aufs Klo. Ich setzte mich aus hygienischen Gründen im Ausland nie auf ein Klo, sondern klappte den Ring hoch, stand auf die Schüssel und verrichtete mein Geschäft in der Hocke. Plötzlich rutschte ich aus und stand mit einem Fuss voll in der Schüssel. Als ich zurückkam ins Restaurant lachte das ganze Bistro, als ich mit einem trockenen und einem bis zum Knie hoch nassen Bein zurückkam.

Von Peugeot zu Rover

Einmal wurde ich beim Autostopp von einem Mann in einem Rover mit viel Leder und Holz mitgenommen. Von diesem Moment an wollte ich auch so einen Wagen haben. Ich fand dann ein paar Monate später tatsächlich einen Rover 2000 im klassischen englischen Mint Grün.

Ich suchte einen Käufer für meinen Peugeot und fand ihn in Chräbu. Wir setzten die Übergabe auf kommenden Dienstag an. Am Samstagabend waren wir noch in Bern in einer spanischen Beiz, wo wir immer Sangria tranken. Ich hielt mich nicht zurück. Anschliessend gingen wir noch ins *Mayfair*, um noch rumzuhängen und den einen oder andern Joint zu rauchen. Meine Freunde wollten mich davon abhalten, mit dem Auto nach Hause zu fahren, aber das ging nicht. Wenn ich was wollte, konnte mich niemand stoppen. Chrigu insistierte am längsten, musste sich aber auch geschlagen geben. Aber er fuhr mir mit seinem Mini hinterher und erlebte, wie ich mit meinem Peugeot beim Schneiden einer Kurve und Einbiegen in eine Seitenstrasse direkt in ein leicht in die Strasse reinbetoniertes Trottoir fuhr, dabei die Achse des Wagens brach und 50 Centimeter vor dem Schaufenster einer Bäckerei zum Stehen kam. Chrigu reagierte sofort: „Komm in meinen Wagen, ich bringe Dich nach Hause, sonst kommt noch die Polizei und dann sehen wir alt aus!" Am andern Tag holte er mich wieder ab und wir schauten uns die Sache im nüchternen Zustand vor Ort an. Der Wagen war kaputt und damit der Deal auch. Da noch etwas Benzin im Tank war, nahm Chrigu einen Schlauch zum Wagen raus, und pumpte das restliche Benzin rüber in seinen Mini. Dabei ging etwas Benzin am Boden verloren. Wir schoben den Peugeot auf die Seite, zündeten das Restbenzin an, und sahen beim Wegfahren im Rückspiegel, wie das Feuer so richtig loderte. Am Montag riefen wir dann den Autoverwerter Rupp an, der den Wagen abholte.

Eine meiner ersten Fahrten mit dem nach Holz und Leder riechenden Wagen führte mich mit einem damaligen Freund zuerst nach Südfrankreich und dann Nordspanien, nach *Port Lligat,* wo wir uns auf dem Zeltplatz einrichteten. An einem Abend fuhren wir ins benachbarte *Cadaquez,* einen bekannten Späthippie-Ort in der Zeit. Als wir in ein Restaurant eintraten, um was zu trinken und dort zu essen, kam eine Frau direkt auf mich zu. Es war, als ob sie auf mich gewartet hätte. Wir fühlten uns beide total zu einander hingezogen, als würden wir uns schon ewig kennen. Es war einfach völlig natürlich. Wir gingen auf einen kurzen Spaziergang und waren von diesem Moment an für den Rest der Ferien unzertrennlich. Mein Freund und ich hatten eh zwei Zelte, für den Fall, dass einer mal eine Frau kennenlernen sollte. Die Frau hiess Montserrat und kam aus Barcelona. Sie war extrem frei in der Liebe und schrie und stöhnte wie wahnsinnig in der ersten gemeinsamen Nacht. Als wir am andern Tag aus dem Zelt kamen, wurden wir schon etwas komisch angeschaut. Aber ich fühlte mich wie ein Superstar! *Montse,* wie sie sich nannte, musste nach drei Tagen wieder zurück in die grosse Stadt, um ihren Job als Krankenschwester wieder aufzunehmen. Wir schrieben uns aber nach meiner Rückkehr in die Schweiz dauernd Briefe und ich besuchte sie bald mit dem Zug. Jawoll, damals schrieb man sich noch Briefe! Sie hatte einen kleinen SEAT 500, mit dem sie mir die grosse Stadt zeigte. Sie wohnte mit einer Freundin zusammen. Wir liebten uns häufig am Vorabend und gingen dann so um zehn Uhr nachts in irgendeine Bar, um da was zu essen und gegen Mitternacht noch abzutanzen. Nach langen

Nächten gingen wir gegen Mittag oft an den Hafen runter und assen da in typischen Bodegas Sandwiches mit *Jamon Iberico*, einem speziellen Schinken von Schweinen die sich nur von Eicheln ernähren. Dazu tranken wir *Cava*, den Schaumwein der Region. Es war eine Traumzeit. Einmal besuchten wir den *Park Guell*, eines der Meisterwerke von Gaudi und spielten da auf einem Spielplatz rum. Da merkte ich plötzlich wie unterschiedlich wir waren. Sie das Mädchen, das auf der Strasse aufgewachsen war und das Leben in all seinen Facetten kannte, und ich, der trotz allem revolutionären Gehabe eigentlich noch ein völliges Greenhorn war, ein eben sehr wohlbehütet aufgewachsener Schweizer. Montserrat teilte mir nebenbei auch mit, dass sie bisexuell sei und beides auslebe, auch mit ihrer Wohnpartnerin, was mich nicht störte, solange wir uns lieben konnten. Aber die Erfahrung auf dem Spielplatz gab mir zu denken und nach meiner Rückkehr wurden die Briefe auch seltener und die Beziehung ging so abrupt zu Ende, wie sie begonnen hatte.

Als ich Jahre später mit einer Kollegin, die einen Sommer lang da gelebt hatte, nach Valencia fuhr, um zwei Kilo Shit zu kaufen, den ich dann in der Schweiz verkaufen wollte, fuhren wir auf der Autobahn an Barcelona vorbei. Plötzlich sah ich die Autobahnausfahrt *Cornella*, der Ort wo Monserrats Mutter wohnte, die sie damals jede Woche einmal besuchte. Ich fuhr ab der Autobahn und versuchte das Haus dieser Mutter wieder zu finden. Ich fand auch den Bahnübergang, bei welchem sich das Haus befand. Just in dem Augenblick tauchte von links her eine Frau auf. Es war Montserrat! Sie besuchte ihre Mutter immer noch regelmässig einmal pro Woche. Magic! Nach einer kurzen Begrüssung zeigte sie dann mehr Interesse an meiner Begleiterin, was mir zeigte, dass sie sich wahrscheinlich langfristig für Frauen entschieden hatte. Wir verabschiedeten uns kurz und fuhren danach weiter gen Süden, um das Hasch zu kaufen, in mitgebrachte Plastiksäcke zu verpacken, die dann mit ebenfalls mitgebrachtem Hundespray versehen in weitere Säcke

Drogenhund-sicher verpackt wurden. Ich wollte kein Risiko eingehen und wählte den sicheren Weg. Ich konnte die Ware dann auch in die Schweiz bringen und ein paar Tausender verdienen, die ich in dieser Zeit von dauernd wechselnden Jobs gut gebrauchen konnte. Von Montserrat sollte ich nie mehr was hören.

Ohrli

Einige Jahre nachdem wir uns kennengelernt hatten, begann eine langjährige Freundschaft mit Ohrli. Er war ein gut aussehender, gut gebauter sympathischer Kerl, etwas naiv vielleicht, aber *Everybody's Darling*. Nach der Afghanistan-Reise machten wir zusammen Sport. Wir liefen regelmässig über einen Rundkurs im Wald, einen sogenannten *Vita Parcours*, zuerst eine Runde mit und dann noch ohne Übungen. Auf der Zielgeraden zog immer einer von uns einen Sprint an, den er leider meist gewann. Sein Vater war ein spezieller Typ so in Richtung Aufschneider. Ohrli hatte aber eine sehr offene, warmherzige Mutter, die seine Freunde immer sehr nett willkommen hiess. Er hatte eine zweijährige Verkäuferausbildung gemacht und danach seine berufliche Karriere völlig vernachlässigt. Er arbeitete zuerst ab und zu auf dem Bau und später dann vor allem auf dem Markt, wo er Produkte aus Indien und Thailand verkaufte. Er motivierte mich, dem Judo-Club *Judokan* beizutreten, wo er und Mätscher schon eifrig trainierten. Chrigu und ich traten dem Club schliesslich bei, wo wir auch Albi kennenlernten. Ein frischer, Kerl, den ich noch von meiner Zeit her kannte, als wir ab und zu Drogen im Café Uhu kauften. Albi hatte damals sehr lange, bis tief in den Rücken runterfallende Haare und trug im Winter einen dicken Afghanermantel. Er sass immer im Uhu rum und alle dachten, dass er ein Fixer sei, dabei kiffte er nur und zog sich ab und zu auch etwas LSD rein. Einer von uns quasi. Kurz vor Abschluss seiner KV-Lehre kam er wegen

Drogenbesitz in Untersuchungshaft und verpasste daher die Abschlussprüfung, die er nie nachholte.

Judo tat mir in der Zeit sehr gut. Ich trainierte zweimal die Woche und ging zusätzlich einmal ins Krafttraining. Ich setzte fünf Kilo an Muskeln zu und fühlte mich sehr gut dabei. Ein kleiner Wermutstropfen war ein Erlebnis mit meinem Bruder im Haus meiner Mutter. Ich wollte Bruno einmal beweisen, wie stark ich durch Judo geworden war und wollte ihn mit einem Wurf zu Boden legen. Da hob er mich einfach auf und ich zappelte wie wild in der Luft rum. Er wog schon damals 20 Kilo mehr als ich und ich musste einsehen, dass ich immer noch keine Chance hatte gegen ihn.

Chrigu, Ohrli, Albi und ich waren zu dieser Zeit enge Freunde. Oft trafen wir uns in einer unserer Wohnungen, kifften und philosophierten über weit entfernte Länder, die wir bald bereisen wollten. Da Südamerika im Zentrum unseres Interesses war, besuchten wir gemeinsam einen Spanisch-Kurs bei Migros. Wir befreundeten uns mit Monica, der charmanten Lehrerin aus Chile, die mit einem Schweizer verheiratet war. Trotzdem trafen wir uns häufig auch privat mit ihr und hatten eine super Zeit zusammen. Dadurch lernten wir in den nur gerade sechs Monaten unglaublich viel, da wir immer spanisch sprachen, wenn wir uns trafen. Daneben trainierten wir intensiv Judo. Ich war in dieser Zeit auch noch fussballerisch tätig. In einem Spiel zwischen der Staatskanzlei und der Gesundheitsdirektion des Kantons Bern machte ich eine Blutgrätsche, die sich für mich als unglücklich erwies. Da ich Stollenschuhe trug, konnte die Kraft der Bewegung nicht weg, ich verdrehte mir das linke Knie und verletzte mir den Meniskus, den ich dann operieren lassen musste. Damit war meine Judokarriere zu Ende, da man bei diesem Sport ja immer eindrehen muss, was voll auf den Meniskus geht.

Ohrli und Chrigu hatten sich entschieden, im September zu einer Südamerikareise zu starten. Albi und ich wären gerne mitgefahren, hatten zu der Zeit aber noch feste Jobs, die wir zuerst kündigen mussten. Wir entschieden uns schliesslich, Ende Jahr nach Südostasien zu fahren, da andere Freunde von uns da gewesen waren und begeistert darüber berichteten.

Das Ende meines geliebten Rovers

Wir waren oft mit meinem Rover unterwegs. An einem *Ziebelemärit*, dem Bern-typischen Event schlechthin, der immer Ende November stattfindet, war ich mit Chräbu unterwegs. Auf der Chilbi auf der Schützenmatt lernten wir zwei Mädels aus Grenchen kennen. Wir beschlossen, sie nach Hause zu bringen, um dort noch etwas Party zu machen. Wir hatten wie üblich viel getrunken und ein paar Joints geraucht. Also fuhr ich in dieser eiskalten Novembernacht via Zollikofen Richtung Biel. In Münchenbuchsee sah ich beim Überqueren des Bahnübergangs viele rote Bremslichter auf der langen Geraden vor uns und schaltete einen Gang runter. Der Wagen drehte sich augenblicklich um 180 Grad und wir waren mit über 60 Stundenkilometern plötzlich rückwärts unterwegs. Die Strasse war glatt wie eine Eisbahn! Die Frauen schrien, als es plötzlich holperte. Dann gab es einen kleinen Knall und wir standen still. Die beiden Girls liefen zum Wagen raus und suchten das Weite. Chräbu und ich sahen, dass wir bei der Autoverwertung Rupp in einer Holzbaracke steckten. Plötzlich stand ein Typ neben uns und fragte, was denn da passiert sei. Der grossmaulige Chräbu teilte ihm mit, dass er den Chef persönlich kenne, den *Rupp Käru* [47] und dass er am andern Tag wieder kommen und das Loch reparieren würde. Dann fragte er den Typen, wer er denn sei. Er antwortete nur kurz: „Rupp, Karl!"

Da der Rover ein sehr solider Wagen war, hing nur die hintere Stossstange etwas runter, sonst war alles okay. Ich hatte im Judo gerade die Prüfung zum grünen Gurt bestanden und band die Stange pragmatisch mit meinem vorherigen Gurt, dem orangenen, hoch. So fuhr ich dann rum. Als ich mit einigen Kollegen mal auf dem Weg nach Grindelwald zum Skifahren war, fuhr ich etwas zu schnell und kam in eine Polizeikontrolle. Der Polizist schaute sich den Wagen gut an und blieb bei der hinteren Stossstange stehen. Er frage, ob er den Wagen mal fahren dürfe. Er fuhr los, brachte aber beim Schalten keinen Gang rein, da das Schaltrelais fehlte. Das war mir gar nie bewusst gewesen und ich lernte, den Wagen sehr subtil zu schalten. Also musste ich dem Polizisten jeweils den Gang einlegen, nachdem er mir ein Zeichen gegeben hatte, dass die Kupplung gedrückt war. Als wir beim *Sunbeam* von Chrigu vorbeifuhren, der mit ein paar weiteren Freunden auf uns wartete, langte ich dem Polizisten ins Steuer und hupte meinen Freunden kurz, was sie erschaudern liess und dem Polizisten nicht wirklich gefiel. Am Schluss kriege ich eine saftige Busse und eine Aufforderung, meinen Wagen innert weniger Wochen vorführen zu lassen, was sich bei der alten Karre und den anstehenden Reparaturen für mich nicht mehr lohnte. Da der Termin noch in der Zukunft lag, begannen wir nach dem Einparken in der Stadt Bern, auf dem Dach des äusserlich sehr gut gepflegt aussehenden Wagens rumzuhüpfen und die Bürger etwas aufzuschrecken, was spätestens dann gelang, als wir das Dach von innen her wieder zurecht drückten. Es gab dann jeweils einen lauten Knall. Ab und zu machten wir das auch auf einem Parkplatz nahe der Burg Gehristein, einem beliebten Ausflugsort in der Nähe der Stadt. Eines Tages rief mich die Polizei in der Staatskanzlei an und forderte mich auf, vorbeizukommen. Wir hätten geschossen im Wald. Ein besorgter Bürger habe die Nummer meines Wagens notiert und die Polizei angerufen. Nach einigem Nachdenken kam mir dann in den Sinn, dass wir vollgekifft auf dem Dach des Wagens rumgetanzt und das Dach auch da wieder zurechtgedrückt hatten, was knallte. Ich musste dann mit meinem Rover auf dem Polizeiposten vorbeigehen, vor den Uniformierten auf dem Dach rumhüpfen und das Dach wieder ausdrücken. Diese Szene war an

Absurdität fast nicht mehr zu überbieten. Chrigu stand daneben und konnte sich vor Lachen fast nicht mehr auf den Beinen halten.

Bea

Drei Monate bevor es auf die Reise ging, kamen Bea und ich uns immer näher. Sie war die Tochter eines Berufskleidungsherstellers vom Zürichsee und hatte den Pöstler Thimmes aus der Nachbargemeinde vor vielen Jahren kennengelernt. Sie waren oft in Zürich und kamen dort in die harte Drogenszene rein. Vor ein paar Jahren hatten sie sich entschieden auszusteigen, von Zürich nach Bern zu ziehen, um einen Drogenentzug zu machen. Meine Schwester, Chrigu und unsere ganze Clique waren oft mit ihnen zusammen. Thimmes behandelte Bea oft sehr schlecht, was sie schlussendlich dazu bewog sich von ihm zu trennen. Bea war eine kleine, feine Frau mit lustigen Sommersprossen, die ihre roten Haare zu einem Ross-Schwanz[48] zusammengebunden hatte. Sie blieb unsere Freundin während Thimmes weiterzog. Wir verbrachten viele Abende zusammen, kifften, tranken guten Rotwein, und sie kochte immer hervorragend für uns. Bea war eine richtige Geniesserin. Nach einem der vielen langen Spaziergänge an der Aare entlang bot sie mir an, bei ihr zu schlafen, im Altersheim, da wo sie in der Zeit arbeitete. Wir schliefen in dieser Nacht miteinander und waren von da an ein Paar. Sie war die erste richtige Freundin, die ich in der Schweiz hatte, und die Kollegen waren überrascht. Bea war eine erfahrene Frau, die mich so richtig in die Kunst der Liebe einführte. Wir genossen die Abende, häufig zusammen mit meiner Schwester und Chrigu und liebten uns vorzugsweise zu *Imagine* von John Lennon.

Teil 3 – Als Traveller unterwegs

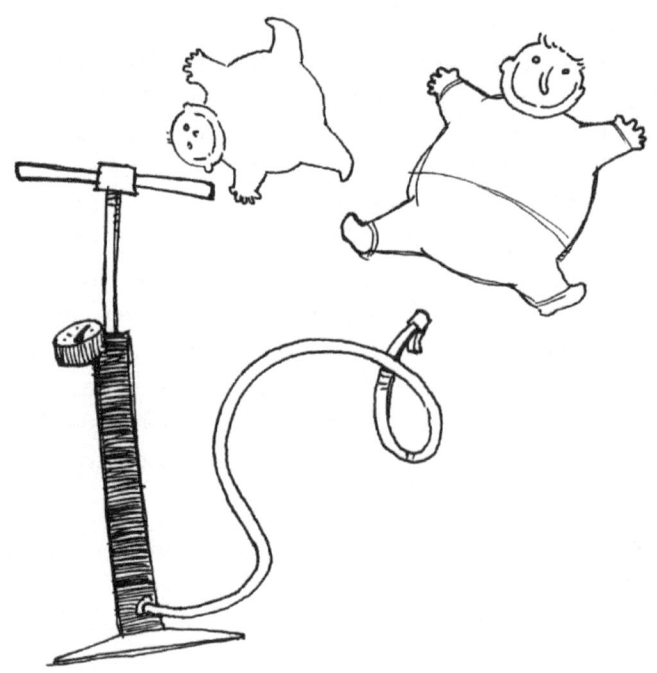

Südostasien mit Albi

Albi hatte sich mit 17 in die ein Jahr jüngere Bea verliebt, die am selben Tag Geburtstag hatte wie er. Sie waren ein Traumduo und sind heute noch ein Paar. Da sie schon lange zusammen lebten, war Albi von der Idee beseelt, wieder mal alleine unterwegs sein zu können. Bea hatte am Anfang etwas Mühe mit unseren Plänen, liess ihn dann aber ziehen, als sie mich näher kennengelernt hatte. Ich machte auf alle immer einen sehr seriösen Eindruck. Meine Bea liess mich auch ziehen. Sie konnte gut loslassen. Da wir so lange bleiben wollten wie möglich und die Route völlig offen liessen, buchten wir nur einen Hinflug nach Bangkok. Die ersten zwei Wochen verbrachten wir mit unseren Südostasien-Promotoren Läne, Oberli und Öttu, die uns Thailand so stark empfohlen hatten. Wir merkten aber schnell, dass sie nur an den Girls und dem Gras interessiert waren. Sie führten uns in die Disco des Grace Hotels, wo hunderte von Thai Girls ihre Körper zu den Klängen von *Le Freak, Chic, Born to be Alive* und *Ring my Bells* bewegten. Ich nahm ein wunderschönes Mädchen mit ins Hotel. Als ich nach der Dusche ins Zimmer kam, stand sie da, nackt wie Gott sie erschaffen hatte, vielleicht 17 Jahre alt mit einem absoluten Traumkörper und einer Haut wie Samt, leicht fröstelnd, mit grossen leeren Augen. Die Szene war völlig bizarr. Da war null Verbindung zwischen uns. Ich sagte dem Mädchen, dass sie sich bitte wieder anziehen solle, bestellte uns ein Essen aufs Zimmer und brachte sie danach runter in die Rezeption. Danach rauchte ich einen grossen Joint mit bestem Thai-Gras und ging schlafen.

Nach ein paar gemeinsamen Erfahrungen mit unseren Kumpels in Bangkok und Chiang Mai fuhren die andern Jungs zurück in die Schweiz und Albi und ich blieben im Norden, mieteten Motorräder, erkundeten die tolle Gegend und gingen zu den Bauern in den Hügeln, um Opium zu rauchen. Danach wollten wir ans Meer und fuhren mit Bussen über Bangkok runter nach Phuket. Dann landeten wir am *Hat Nai Harn*, damals ein absoluter Traumbeach, heute Sitz des Yachtclubs. Wir wohnten in einfachen Bambushütten an einem Hügel oberhalb eines Traumstrands, gedeckt mit Palmenblättern, duschten uns unten bei der Lagune, indem wir einen an einem Seil befestigen Eimer mit Wasser füllten und uns über den Kopf kippten. In der dazugehörenden Kneipe gab es morgens Pancakes mit frischen Bananen und Ananas, danach bestellten wir *Thai Sticks*[49], *Bhong*[50] sowie das obligate Brett und Messer, um die Sticks feinzuhacken. Nach diesem Ritual rauchten wir das *Bhong* gleich im Restaurant kräftig ein. Anschliessend gingen wir im 30 Grad warmen Wasser schwimmen und bräunten unsere Haut. Ich las zu der Zeit die Bücher über *Don Juan* vom damaligen Erfolgsautor Carlos Castaneda und reiste mit ihm geistig in andere Welten. Es war einfach traumhaft.

Mittags und abends gingen wir in die beiden andern Restaurants an diesem Strand essen, typischer Thai Food, einfach Spitze. Ab und zu sammelten wir Magic Mushrooms, die gleich hinter dem Strand auf einer Wiese wuchsen, wo Büffel grasten. Und jeden zweiten Tag gingen wir an den nächstgelegenen Strand zum Schnorcheln an einem intakten Korallenriff. Wir lernten viele Leute kennen, am Strand herrschte eine richtige Community. Einige gingen, neue kamen. Es war eine sorglose Zeit. Wir blieben ganze drei Wochen an diesem Beach, wo wir noch Silvester feierten, kurz nachdem John Lennon an meinem Geburtstag in New York ermordet worden war. Damals gab's noch kein Internet und wir erfuhren es erst gegen Ende Jahr über einen Schweizer, der neu zu uns stiess. Er war voll in einem Karrierejob drin und machte vier Wochen Ferien in Thailand. Ganz überraschend kam er über das mittlere Restaurant, das Mr. Joe gehörte, einem ehemaligen Polizeipräsidenten von Phuket mit guten Verbindungen zur Unterwelt, an Heroin und wir mussten ansehen, wie er innerhalb weniger Tage völlig süchtig wurde von dem Zeugs. Ich probierte es nur einmal. Wir mischten es mit Tabak und rauchten das Zeugs. Es war so stark, dass ich gleich liegenblieb am Strand und nicht mal mehr die Kraft hatte, Bapp zu sagen.

Eines Tages tauchte ein anderer, sehr spezieller Schweizer aus Langenthal auf. Ueli war eine richtige Tunte, wie aus dem Bilderbuch, extrem originell und immer völlig unschuldig wirkend. Er war schon lange unterwegs und erzählte uns die wildesten und lustigsten Geschichten mit der Naivität eines Sechsjährigen. Wir kugelten uns vor Lachen! Einmal verliebte er sich für uns alle völlig überraschend in eine füllige Australierin, die seine Mutter hätte sein können. Die beiden wohnten schliesslich zwei Wochen lang in einem Haus und führten eine richtige Bilderbuchbeziehung. Danach besann sich Ueli wieder auf seine wirkliche Vorliebe und trennte sich wieder von seiner Geliebten.

Wilde Zeiten auf den Philippinen

In Bangkok trafen wir Chrigu, der von Südamerika herkommend, direkt nach Bangkok geflogen war. Wir hatten das früher ausgemacht. Gemeinsam mit ihm flogen wir auf die Philippinen. Als klassische Traveller reisten wir sehr günstig und versuchen auch etwas Business zu machen. In Bangkok glaubten wir noch billigen Whiskey gekauft zu haben, um ihn in den Philippinen gewinnbringend verkaufen zu können, sahen aber dann schon am Flughafen in Manila, dass er da noch billiger war. Wir fanden ein Appartment in *Ermita*, dem Vergnügungsviertel von Manila, und buchten es mal für eine Nacht. Im Zimmer angekommen tranken wir eine ganze Flasche zu dritt und gingen dann in den Ausgang. Völlig betrunken lernten wir in einer Bar amerikanische Soldaten kennen. Sie erzählten uns, dass das Flaggschiff der Pazifikflotte am andern Tag nach *Subic Bay* fahren würde und wir mitfahren könnten. Es sei so eine Aktion der Public-Relations-Abteilung und jeder Armeeangehörige könne jemanden einladen. Am andern Tag standen wir völlig verkatert mit Sack und Pack am Hafen, als uns die Matrosen tatsächlich suchten und fanden. Die meisten nahmen irgendwelche Frauen mit, die sie in einer Bar aufgerissen hatten. Nun fuhren wir mit dem Riesenschiff an der paradiesischen Küste von *Luzon* entlang. An Bord war ein Riesenfest mit Brass Band, alkoholfreien Getränken und Triple Burgers à Gogo. Nach fünfstündiger Fahrt legten wir in *Subic Bay* an. Alles sah aus wie ein völlig normales amerikanisches Militärcamp. Unsere neuen Freunde führten uns zu einem grossen Tor. Beim Durchschreiten eröffnete sich eine völlig andere Welt. *Olongapo City.* Wir befanden uns auf der Hauptstrasse mit Läden und Bars, soweit das Auge reichte. Bars im Parterre, Bars im 1. Stock, alle mit Live-Rock-Bands und Gogo-Girls à gogo. Nachdem wir im Hotel eingebucht hatten, legten wir uns ein paar Stunden hin. Dann wurden wir von den neuen Freunden abgeholt. Sie zeigten uns das Nachtleben von Olongapo-City. Unglaublich. Überall Girls, Girls, Girls, Philippino-Bands, die *Stairway to Heaven* und anderer 70er-Mega-Hits runterspulten. Dazu gab es gutes Bier, viel, viel Bier. Morgens um zwei war ich nur noch fix und fertig. Wir gingen ins Hotel, konnten aber nicht schlafen. In den Zimmern links und rechts von uns und in den Zimmern darüber ertönte Musik, wurde gelacht, gestöhnt, gerumpelt. Die wochenlang auf See isolierten Matrosen lebten all das aus, auf das sie lange verzichten mussten. Es war nicht auszuhalten. Albi und ich gingen daher raus und suchten uns was zum Kiffen, das wir dann auch fanden. Wir gingen zurück ins Zimmer und rauchten die violetten Blüten. Das Zeugs war gut, aber wir konnten immer noch nicht schlafen. Also gingen wir wieder raus und stürzten uns ins Nachtleben. Bis morgens um 7 Uhr. Danach hatten wir den kritischen Moment überschritten und brachten kein Auge mehr zu. Wir waren todmüde und konnten nicht mehr schlafen. Tagsüber hingen wir völlig kaputt rum. Das dauerte mehr als 48 Stunden. Dann verliessen wir den Ort in Richtung *One Hundred Islands,* wo wir uns ein Hotel suchten und 24 Stunden durchpennten. Danach liessen wir uns von einem Bootsfahrer zu einer kleinen Insel rausfahren, wo wir den Tag völlig alleine verbringen konnten. Nun fühlten uns wieder wie Robinson Crusoe.

Anschliessend fuhren wir in die Berge zu den berühmten Reisterrassen, spielten in Sagada völlig stonded Schach und hatten das Gefühl, dieses Spiel auf höchstem Niveau zu spielen, bis uns zwei andere Travellers fragten, ob wir immer eine halbe Stunde bräuchten, um den Bauer ein Feld nach vorne zu schieben.

Wir wohnten in einer relativ ruhigen Pension, die von christlichen Missionarinnen geführt wurde. *Relativ* ruhig, weil das Nachbarzimmer von einer allein reisenden Genferin gebucht war, die sich mit ihrem philippinischen Lover nächtelang vergnügte und dabei so laut schrie, dass wir mindestens drei Joints mit bester Hochlandware brauchten, um einschlafen zu können.

Später brachten wir Chrigu zurück nach Manila zum Flughafen, von wo er nach Hause flog. Albi und ich fuhren dann weiter zu einigen der über 7000 Inseln dieses extrem freundlichen Landes hinaus und verbrachten viele Nachmittage an den paradiesischsten Stränden, die man sich nur vorstellen kann. Wir machten oft Witze über unsere Landsleute, die sich in Büros abrackerten, während wir uns am feinweissen Sandstrand unter Kokospalmen den nächsten Joint anzündeten. Nach ein paar Wochen

Mindoro wollten wir noch weitere Inseln sehen und bestiegen eine kleine Fähre. Auf der Überfahrt nach *Tablas* fuhren wir an ganz vielen aus dem Meer springenden und sich in der Luft vor Freude drehenden Delfinen vorbei. Kaum angekommen, charterten wir eines der typischen, schmalen, flachen Auslegerboote, Nussschalen quasi, die zur Stabilisierung auf beiden Seiten mit Bambusauslegern verbunden waren. Das Boot sollte uns nach *Boracay Island*, unserer Traumdestination, bringen. Als die Sonne langsam tiefer lag, öffnete der Fahrer eine Flasche Rum, die wir auf hoher See tranken. Der sich anbahnende Sonnenuntergang und die Wirkung des Alkohols machten es zu einem unvergesslichen Moment. Da es eben schon spät war, lud uns der Fahrer auf einer vorgelagerten Insel, *Carabow Island*, aus. Wir waren die einzigen Touristen und wurden von den Einheimischen sehr freundlich aufgenommen. Wir wohnten bei einer Familie in einem grossen Raum. Da wurde mir bewusst, wieviel Raum wir Europäer für uns beanspruchen. Hier wohnten sechs Menschen in einem einzigen grossen Zimmer. Das Bett der Eltern war nur durch Tücher abgetrennt. Die Häuser waren auf Stelzen gebaut, einerseits zum Schutz gegen Tiere und andererseits, um während des Monsuns vor Hochwasser geschützt zu sein. Als der Bürgermeister davon hörte, dass Touristen auf seiner Insel seien, organisierte er uns zu Ehren spontan ein Inselfest auf dem Basketballplatz, wo es Essen und Trinken für alle gab und wir beide zur Gaudi der Insulaner mit den Töchtern des Bürgermeisters tanzen mussten, einmal geschlossen zu *Mahal Kita* von Freddy Aguilar und einmal in Form eines Disco Dances zu einem Hit von Donna Summer, der damals gross in Mode war. Endlich in *Boracay* angekommen, fanden wir ein Häuschen, das uns inklusive Frühstück und abendlichem Fischmenu mit Reis und Gemüse fünf Dollar pro Person und Tag kostete. Das Gras für den abendlichen Joint hatten wir aus dem Norden selber mitgebracht. Es war das Paradies auf Erden. Das Cottage war direkt an einem Sandstrand mit feinem, weissen Sand gelegen, von wo aus wir lange schwimmen gehen konnten. Das Wasser war so sauber und klar, dass man auch bei 20 Meter Tiefe seinen Schatten kristallklar am Boden des Meeres sehen konnte. Das einzig Mühsame waren klitzekleine Sandflöhe, die uns nicht völlig abheben liessen. An abendlichen Partys trafen wir im Licht von Lagerfeuern dann noch andere Travellers, mit denen wir uns austauschen und feiern konnten.

Es war die unbeschwerteste Zeit meines Lebens. Der Alltag mit all seinen Zwängen und Mühseligkeiten war räumlich, aber auch mental, sehr weit weg und ich fühlte mich frei wie ein Vogel, der sich vom lauen, warmen Wind über das azurblaue Meer treiben liess. Die ersten zwei Monate waren noch geprägt gewesen von Träumen und Erinnerungen an die Schweiz und an Freunde dort, aber danach stellte ich mich völlig auf das Unterwegssein ein, was schlichtweg einfach nur als prickelndes

Gefühl beschrieben werden kann. Es war dieses Gefühl, das uns damals immer wieder auf neue Reisen trieb, nur einen Rucksack dabei, dauernd auf dem Weg zu neuen Abenteuern und Bekanntschaften.

Wir hüpften dann noch via *Panay* und *Negros* nach *Cebu*, der zweitwichtigsten Insel des Landes. Da drängten die Leute in *Cebu City* so gewaltsam in den Bus, dass wir zum Fenster rausklettern mussten, um irgendwie heil rauszukommen. Dabei verlor ich einen meiner Slipper und musste mir neue kaufen. Die neuen waren aus anderem Material und ich schürfte mir den Fuss leicht auf. Das reichte aus, um Strassendreck da reinzukriegen. Nach fünf Tagen Tauchen bei *Moalboal*, einem wunderbaren, ufernahen Korallenriff, fuhren wir mit dem Schiff von Cebu nach Manila zurück. Während der Fahrt entdeckte ich, dass mein linker Fuss mit fast zehn hohen Eiterbuckeln übersät war, und ging dann gleich nach unserer Ankunft in Manila in eine sogenannte Klinik, wo mir eine Riesenspritze mit Antibiotika verpasst wurde. Das Spezielle in dieser Klinik war, dass sich im selben Raum gackernde Hühner befanden, die irgendwelche Körner und andere Materialien aufpickten.

Ein Rückflug mit Tücken

Da uns langsam das Geld ausging, flogen wir via Manila nach Bangkok zurück, wo wir Tickets für die Heimfahrt organisieren mussten. Wir suchten uns mit Hilfe eines schon über 30 Jahre alten Thai-Girls, das einfach plötzlich mit uns unterwegs war, ein billiges Hotel, und fanden das *Starlight* an irgendeiner *Soy* der *Sukhumvit*-Strasse. Im Zimmer bereitete uns das Girl einen Joint zu. Beim Rauchen merkte ich, dass sie es auf Albi abgesehen hatte und rauchte den Joint halt selber, da ich fast keinen Grasgeschmack wahrnahm. Als wir dann später alle zusammen auf die Strasse hinausgingen, torkelte ich nur noch rum. *Noi*, das Girl, zerrte mich sofort ins Hotel zurück. Wenn mich ein Polizist gesehen hätte, wäre ich im Knast gelandet. Das Girl hatte vor allem Heroin im Joint verbaut, da ihr das Marihuana ausgegangen war. Mitten in der Nacht klopfte es plötzlich an der Zimmertür und drei Polizisten mit Hund standen bei uns im Zimmer. Sie durchsuchten alle Ecken des kleinen Zimmers und zogen schliesslich das Laken von der Matratze und ich sah mit Erschrecken, dass sie völlig durchlöchert war. Zum Glück hatte kein Vorgänger hier irgendwelche Drogen versteckt und die Polizei war uns gut gesonnen. Man hörte in dieser Zeit davon, dass Polizisten einem Drogen zusteckten, um Geld zu erpressen. Bei Nichtbezahlung wurden Hippie-Touristen nicht selten in den Knast gesteckt und thailändische Gefängnisse hatten den Ruf, von den Schlimmsten zu sein, weltweit. Das Blut pochte immer noch in meinen Schläfen, als uns die Polizei schliesslich in Ruhe liess. Vielleicht war es auch *Noi*, die uns vor Schlimmerem gerettet hatte. Sie war wie ein Engel zu uns. Ich lernte dann im Ausgang einen Deutschen kennen, der sich ein Round-the-World-Ticket bei der damaligen *Pan Am* gekauft hatte und in 5 Tagen hätte zurück sein müssen in Frankfurt, weil das Ticket eben dann ablief. Ihm gefiel Bangkok so gut, dass er länger bleiben wollte. Wir machten ab, dass er für mich einchecken sollte und ich dann mit der Boarding-Karte einfach in den Flieger steigen und unter seinem Namen nach Hause fliegen würde. *Noi* wollte mit Albi noch ein paar schöne Tage verbringen und fuhr mit uns für die paar Tage bis zu meiner Heimreise nach Pattaya, einem am Meer gelegenen richtigen Sündenpfuhl nahe Bangkok. Da sah man nun die Bumstouristen in voller Aktion. Dicke Männer mit minderjährigen Girls oder Boys waren hier keine Seltenheit. *Noi* organisierte uns zwei Hotelzimmer, eines für sie und Albi und eins für mich. Als ich mal so alleine rumlag, klopfte es plötzlich an der Tür und ein wunderschönes Girl kam zu mir und verwöhnte mich die ganze Nacht nach allen Regeln der Kunst. *Noi* hatte sie einfach so für mich organisiert. Leider biss es mich dann drei Tage später zuerst an meinem besten Stück und später auch im Auge. Ich hatte mir beim Duschen mit dem Tuch auch die Augen getrocknet und ich hatte mir einen Tripper reingezogen. Ich ging sofort zum Arzt, der mir wieder eine Spritze mit Antibiotika in meinen Allerwertesten setzte.

Zurück in Bangkok hielt der Deutsche sein Versprechen und checkte für mich am Flughafen ein. Und tatsächlich konnte ich dann mit der auf ihn ausgestellten Boardingkarte einsteigen, als wäre nichts gewesen. Das war damals noch ganz einfach. Auf dem Heimflug landete die Maschine unerwartet in Delhi, da irgendwas nicht in Ordnung schien. In Delhi mussten alle Passagiere aussteigen. Ich stand Todesängste aus und betete zum Himmel, dass es nun ja keine Passkontrolle geben durfte. Sonst wäre ich quasi als blinder Passagier aufgeflogen und ich war mir sicher, dass der Knast in Indien nicht besser gewesen wäre als der in Thailand. Aber mein berühmter Schutzengel war wieder mal aktiv und ich hatte Glück und wir konnten mit derselben Maschine weiterfliegen. Sogar als die Stewardess kurz vor Abflug in Delhi meine Boardingkarte sehen wollte, um sicherzugehen, dass ich auf dem richtigen Sitz sass. Bald schlief ich tief und fest. Als ich wieder zu mir kam, flogen wir grad über Bulgarien, wie ich auf dem Bildschirm erkennen konnte. Ich ging aufs Klo. Beim Händewaschen schaute ich in den Spiegel und erschrak. Mein ganzes Gesicht war übersät mit grossen Eiterpickeln. Die zwei Antibiotika Shots und der super Stress in Delhi hatten mein System überfordert. Ich hatte eine heftige Pickelattacke, die ich erst Jahre später wieder in den Griff kriegen sollte.

Pickel bis zum Abwinken

Als ich in diesem kühlen Juni wieder nach Hause kam, bleich, mager, mit all den Pickeln im Gesicht sowie auf Brust und Rücken, machte mir meine Mutter grosse Vorwürfe. Das hätte ich nun von meinem ewigen Rumreisen. Ich litt sehr. Auch darunter, dass sich Chrigu, der Monate vor Albi und mir zurückkam nach Bern, sich meine Bea geschnappt hatte. Zudem litt ich extrem unter meinem Aussehen und vermied es von da an, noch klar in den Spiegel zu schauen. Ich kniff jeweils meine Augen soweit zusammen, dass ich meine Haut nicht mehr klar erkennen konnte. Häufig rasierte ich mich quasi blind, immer vorsichtig darauf bedacht, ja keinen dieser eitrigen Dinger aufzuschneiden dabei.

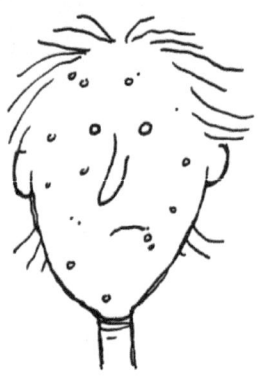

Ab dieser Zeit war meine Freundschaft mit Chrigu ziemlich belastet. Ich fühlte mich von ihm verarscht. Wenig später feierten wir wieder mal eine LSD-Party im väterlichen Wochenend-Haus eines Kollegen am Wohlensee, als ein anderer früherer Freund Fridu die deutsche Freundin ausspannte, was ihn in eine Zeit grossen Leidens stürzte. Sensibilität war in diesen Zeiten nicht gerade gross geschrieben, es ging uns nur darum, aus dem Alltag auszusteigen, Spass zu haben und Grenzerfahrungen machen zu können. Ich wurde an diesem Ort übrigens von *Schwyzer Sile*, der kleinen attraktiven Dauerfreundin eines schon etwas älteren und etwas untreuen Kollegen ins Heu gelockt, um es ihm heimzuzahlen. Mir war das Wurst, da *Sile*[51] wie gesagt sehr hübsch und auch nicht wirklich unerfahren war.

Als mich meine Mutter wieder mal so richtig in die Mangel nahm, kriegte ich meinen zweiten Nervenzusammenbruch. Sie machte mir dauernd Vorwürfe und setzte mich unter Druck. Meine Pickel machten mir immer noch schwer zu schaffen und sie ritt dauernd auf diesem Thema rum. Eigentlich war sie einfach nur überfordert mit mir. Ich schmiss den gefüllten Frühstücksteller mit voller Wucht an die Wand und rannte schreiend und am ganzen Körper schlotternd ins Bad, wo ich mich ausheulte. Zwei Tage später hatte Ohrli dafür gesorgt, dass ich ein Bett kriegte in der Wohngemeinschaft in Schliern, wo er zu dieser Zeit hauste, und ich haute ab von zuhause. Wir zwei machten drei bis viermal pro Woche Waldläufe, um neben dem Kiffen körperlich fit zu bleiben. Ohrli fuhr zu dieser Zeit völlig auf Rod Stewart ab und begann sich interessanterweise gleichzeitig für Jazz zu interessieren. Sobald die Sonne schien, auch im Winter, suchte er sich eine geschützte Stelle auf der Holzterrasse des alten Hauses, nur in fast zu einem Tanga runtergekrempelten Unterhosen, um seinen Luxus-Body möglichst nahtlos durchzubräunen. Er hielt seinen Körper mit Liegestützen, Sit-Ups, Kniebeugen und den regelmässigen Waldläufen fit.

Als Chef Volkszählung im Einsatz

1980 fand eine Volkszählung statt. Kurz nach der Rückkehr in die Schweiz fand ich eine Stelle für ein halbes Jahr in derselben Gemeinde, in der ich nun wohnte. Mein Chef war der Polizeipräsident persönlich. Er gab mir ein Büro in einem gemeindeeigenen Gebäude in einer leerstehenden Wohnung, welches ich in aller Ruhe einrichten durfte. In der Zwischenzeit war auch Albi aus Asien zurückgekehrt. Da ich noch einen Mitarbeiter suchte, konnte ich ihn gleich engagieren. Wir hatten eine super Zeit zusammen, nie allzu viel zu tun, und mussten nun Volkszähler rekrutieren. Wir kriegten einen Dienstwagen, einen alten Passat, mit dem wir durch die grosse Gemeinde, einer der flächenmässig grössten der Schweiz, fuhren und Informationsveranstaltungen zur Rekrutierung dieser Zähler organisierten. Die Zähler holten die Formulare bei uns ab und mussten sie danach auch wieder bei uns abgeben, wo wir ein paar Stichprobenkontrollen durchführten. Da wir nicht so viel zu tun, aber zuhause intensive Abende hatten, waren wir häufig etwas müde. Wir richteten es dann so ein, dass einer von uns immer das Telefon hütete, während sich der andere in einem leeren Zimmer schlafen legte. Der Chef musste was gespürt haben und gab uns später noch einen arbeitssuchenden Rentner als weitere Arbeitskraft. Von da an war's vorbei mit unserer lustigen Zeit. Am Schluss konnte einer von uns bleiben bei der Gemeinde. Da Albi wegen einer mühsamen Geschichte mit Behörden während seiner KV-Prüfungen seinen Abschluss nicht gemacht hatte – das holte er dann später nach - hätte ein kaufmännischer Job die Lücke in seinem Lebenslauf geschlossen, so dass ich ihm den Job gab, obwohl ich erste Wahl dafür gewesen wäre. Eine Grosszügigkeit, die ich später etwas bereute, da ich dann als viel schlechter bezahlter Chauffeur für alle möglichen Sachen durchs Leben tingelte. Einmal lieferte ich Drucksacken für ein Kopierinstitut aus, ein anderes Mal war ich für eine Filmsatzbude unterwegs, einmal belieferte ich Baustellen mit Sandstein oder transportierte Kakteen aus einem aargauischen Gewächshaus quer durch die Schweiz. Meine falsch verstandene Grosszügigkeit Albi gegenüber begann unsere Beziehung zu belasten.

In der Zeit las ich in einem Buch über eine listige Aktion, wie man Essen zum halben Preis einkaufen könne und probierte es mit Erfolg aus. Wir hatten in unserer WG wieder mal eine grosse Party mit vielen Gästen geplant. Da ich zu dieser Zeit nur teilweise arbeitete, hatte ich relativ viel Zeit und übernahm die Rolle als WG-Koch. Da ich in dieser Zeit wieder einen fahrbaren Untersatz benötigte, hatte ich mir einen Peugeot 304 Kombi mit viel Stauraum gekauft. Ich hatte mir eine genaue Einkaufsliste gemacht und fuhr in ein Einkaufszentrum, gleich gegenüber meines ehemaligen Volkszählungsbüros gelegen. Ich kaufte nun minutiös gemäss meines Plans ein. Von allem aber nur die Hälfte, also beispielsweise nur ein statt der benötigten zwei Kilo Reis, und dann bezahlte ich die Ware an der Kasse. Danach fuhr ich mit dem gefüllten Einkaufswagen zum Auto und lud alles ein. Anschliessend ging ich zurück in den Supermarkt, und kaufte genau dasselbe nochmals ein. Zusätzlich noch eine Flasche Wein. An der Kasse zeigte ich meinen Kassenzettel, wo alle Einkäufe aufgelistet waren, und sagte, dass ich noch den Wein vergessen hätte, den ich dann auch bezahlte. Danach ging ich zum Wagen, lud alles ein und fuhr mit einem breiten Grinsen nach Hause. Der Trick hatte funktioniert!

Neue Clique

In dieser Zeit begann sich unsere Mayfair-Clique langsam aufzulösen. Von Chrigu hatte ich mich emotional entfernt, Chräbu ging zuerst nach Florenz, dann nach London, wo er eine Crêperie eröffnete, die damals gerade im Trend waren, und wanderte schliesslich aus nach Afrika, wo er Filmemacher wurde und mit Crews überall dorthin flog, wo grad eine AIDS-Epidemie oder ein Krieg ausgebrochen war, um Berichte für ARD, ZDF, BBC und andere internationale TV-Sender zu produzieren. Ich sah Chräbu nur noch einmal, hörte aber von meinem späteren nahen Freund Nufi ab und zu was, da er ihn jedes Mal besuchte, wenn er in der Schweiz war. Er heiratete eine Afrikanerin und hatte mit ihr drei Kinder, bevor er auf dem schwarzen Kontinent auf mysteriöse Art und Weise ums Leben kam. Ohrli und Albi blieben Freunde von mir.

Am Moossee hatte ich neue Freunde aus andern Dörfern der Region kennengelernt. Der Kern davon hatte sich beim Lehrerseminar kennengelernt. Über diese neuen, eher etwas intellektuellen Freunde kam ich in ihre Clique rein, die etwas weniger Drogen, dafür mehr Alkohol konsumierte. Auch einige Musiker waren dabei. Da taten sich nun wieder neue Welten auf für mich. Nach Weihnachten ging ich mit den neuen Freunden in eine Pension in *La Presa* im Puschlav, in den Bergen nahe der italienischen Grenze, wo wir das ganze Untergeschoss inklusive Massenlager und Sauna für uns hatten. Wir kochten, assen und tranken zusammen und hatten sehr viel Spass. Wir hörten die Musik von Edoardo Bennato und anderen italienischen Liedermachern. Als wir einmal in der Sauna sassen, hatte ich ein Döschen Tigerbalsam mitgebracht, von dem ich dann etwas über die Steine giessen wollte, da es flüssig geworden war in der Hitze. Leider goss ich gleich das ganze Fläschchen aus und es gab eine Stichflamme. Wir rannten alle sofort raus in den frischen Schnee und liessen die Türe hinter uns ins Schloss fallen. Als wir wieder im Haus waren, fragte plötzlich einer: „Wo ist eigentlich Tinu?" Wir suchten ihn überall, ohne Erfolg. Bis ich die Sauna öffnete. Es stank bitterlich und ganz hinten sass er, der Tinu[52]. Er war ganz grün im Gesicht und konnte sich kaum mehr bewegen.

Tinu, ein sportlicher, gesellschaftlich voll integrierter Typ, arbeitete als Planer in einem Ingenieurbüro und spielte zu dieser Zeit Fussball in einem Drittliga-Klub in Bern. Er kiffte nur wegen uns von Zeit zu Zeit, wurde aber regelmässig grün im Gesicht, wenn es zu viel wurde. Ich verlor in später aus den Augen, hörte aber später, dass er Golfprofi geworden sei.

An Silvester fuhren wir runter nach Poschiavo, um so richtig abzufeiern. Zuerst gingen wir in eine lokale Bar, um den Apéro zu uns zu nehmen. Ich drehte mir an der Theke einen Joint, den wir auch gleich dort anzündeten. Das führte dazu, dass wir rausgeschmissen wurden. Danach gingen wir essen und tranken viel Wein dazu. Auch da benahmen wir uns am Schluss ziemlich schlecht, so dass wir wiederum höflich aber bestimmt gebeten wurden, das Lokal umgehend zu verlassen. Wir waren in einer derartigen Hochform, dass uns der Türsteher schon nicht mehr in die Disco liess. Als ich mich an einer der beiden Topfpalmen beim Eingang festhalten wollte, kippte sie um, ich auch. Wir gingen dann durchs verschneite Dorf, bis ich auf die Idee kam, über Autos hinweg zu gehen. Ich hatte ja Erfahrung von meinem Rover her. Das klappte zwei-, dreimal, bis ich beim vierten Auto beim Gepäckträger hängen blieb und auf das Trottoir runterstürzte. Ich hatte wieder mal Schwein und brach mir nur einen Schaufelzahn[53] raus beim Aufschlagen auf dem Trottoirrand. Tinu, der grüne Saunamann, hatte noch nicht so viel intus wie wir und brachte mich mit seinem Alfa Berlina 2000, einem schönen, sportlichen Auto, wieder hoch ins *La Presa*. Ich lag im Sitz und stemmte meine Beine mit voller Kraft gegen die Frontscheibe, die zu bersten drohte. Als Tinu mich zurechtwies, wollte ich in einer Haarnadelkurve gar aussteigen. Auch das konnte mein Kollege vermeiden. Schliesslich konnte er mich ins Haus reinschleppen und ich lag um 23:00 Uhr tief schlafend in meinem Schlafsack. Das war der bisher einzige Silvester, bei dem ich Mitternacht nicht erlebte.

Alfredo

Ich traf dann überraschenderweise via Albi den Alfredo, ein Typ, den wir kurz auf der philippinischen Insel Mindoro getroffen hatten. Er war damals einer der auffälligen Touristen, die immer ein Riesentheater machten. Seine Hauptstory war, wie er von einer attraktiven Philippinin aufgerissen wurde. Sie führte ihn an einen abgelegenen Strand und gab ihm einen Blowjob der Superklasse. Als er sich revanchieren wollte, entdeckte er, dass es sich um einen Transvestiten handelte, mit langen Haaren und schönen Brüsten aber unten noch voll ausgestattet wie ein Mann.

Alfredo bot mir an, bei ihm in einer Wohnung in Bümpliz zu wohnen, was mir zugute kam, da ein Reiserückkehrer, der vor mir in der WG gewohnt hatte, von einer Reise zurückkam und seinen Platz in der Wohngemeinschaft wieder beanspruchte. Alfredo war gerade auf dem Schatzsuchertrip und froh, dass ich einen fahrbaren Untersatz hatte. Er besass einen Metalldetektor, mit dem wir die alten Schlachtplätze der Eidgenossen absuchten. Leider fanden wir nichts. Einmal kamen wir an einem teilweise abgebrannten, alten Haus vorbei und fanden eine unzerstörte antike Zimmertür mit Uraltschloss. Wir restaurierten sie und verkauften sie an einen Liebhaber mit Chalet in Gstaad, wo das Ding reinpasste. Mit solchen Sachen verdienten wir ein bisschen Geld. Ab und zu fuhren wir auch in den Jura und suchten Psilocybin-Pilze, die auf Kuhdung wuchsen, und gingen dann gleich vor Ort auf Trip damit.

Jasmin

Dann traf ich Jasmin, eine Frau, die früher mal mit Jöchu[54], einem Freund aus der Mayfair-Clique zusammen gewesen war, der mit mir in die erste Schulklasse ging, bis er sich das Schlüsselbein brach, was ihn dann schulmässig zurückwarf. Sie hatte mit ihren aufreizenden Lippen, ihren langen Haaren, der Wespentaille und einem süssen Hintern eine unglaublich erotische Ausstrahlung auf mich und ich verliebte mich schon damals in sie. Nun war sie plötzlich verfügbar.

Sie wohnte in einer kleinen Wohnung mitten in der Stadt. Wahrscheinlich kamen wir zusammen, weil sie auch unter Akne litt und wusste wie es sich anfühlt. Wir hatten am Anfang eine wunderbare Zeit zusammen, auch wenn sie sich nicht so schnell verlieben konnte wie ich mich in sie. Es störte sie, dass ich mit Typen wie Alfredo zusammen war, aber sie musste es akzeptieren. Auch kiffte sie nicht gerne. Sie war die Tochter eines Immobilienmaklers und wohnte in einer seiner Wohnungen.

Nach ein paar Monaten stand eine geplante Reise mit Ohrli nach Florida an, wo wir unser Englisch verbessern wollten. Wir entschieden uns, vorher noch eine dreimonatige Massage-Ausbildung zu machen. Der Kurs fand immer zwischen 10:00 und 14:00 in der Massageschule bei einer schrulligen Dame statt. Ohrli und ich arbeiteten von September bis Oktober daneben nachts auf der Schanzenpost, beim Paketversand. Ab und zu bis vier Uhr morgens, da waren wir dann nicht so fit beim Massieren. Das war eine lustige Zeit, da viele ähnliche Typen wie wir da arbeiteten. Viele davon waren auch Traveller, die kurz etwas Kohle machen wollten, um dann in fernen Ländern überwintern zu können. Einer war ein richtiger Spezialist im Klauen. Er hatte immer Etiketten von Freunden in der Tasche und adressierte Pakete um, in denen sich offensichtlich Verstärker, Plattenspieler, Boxen und dergleichen befand. Wir konnten die Anlagen dann günstig bei ihm beziehen. Einmal klaute er sogar eine Stihl-Motorsäge. Er schaute, dass er in den Dienst eingeteilt wurde, der Expresspakete direkt auf die Perrons in die kurz zwischenhaltenden Züge einladen musste. Die Motorsäge brachte er einen Stock höher in die Bahnhofüberführung wo er sie hinter einem Busch versteckte und nach Feierabend da bequem abholen konnte. Es gab danach eine interne Untersuchung bei der Post, aber wir hielten dicht. Obwohl sie dem Typen nichts nachweisen konnten, wurde ihm gekündigt. Er heuerte nachher bei einem bekannten Sicherheitsdienst an.

Jasmin und ich verbrachten noch Weihnachten zusammen. Da war sie plötzlich ganz verliebt in mich, weil sie wusste, dass ich ja bald gehen würde. Ich versprach ihr, mich häufig bei ihr zu melden.

Let's learn English – im Drogenparadies in Florida

Ohrli und ich flogen Anfang 1982 nach St. Petersburg, wo wir uns am Eckard College registrierten und gleich einen Eignungstest machen mussten. Wir waren beide erstaunt, gleich in's zweithöchste Level eingeteilt zu werden. Wir mieteten gleich am ersten Tag einen Wagen und suchten uns eine kleine Wohnung, da wir nicht im College wohnen wollten. In der Schule befreundeten wir uns mit Alex aus Surinam, der auch kräftig kiffte. Wir drei verbrachten eine gute Zeit zusammen. Beim Einkauf im nahegelegenen Supermarkt fragte uns der nette Schwarze an der Kasse jeweils, ob wir noch irgendwelche Drogen bräuchten. Das war ein perfekter Service für uns. Wir kauften unseren Food, unser Bier und unser Gras, und ab und zu landeten sogar ein paar LSD-Trips im Warenkörbchen. Als unser 6-Zylinder-Wagen an einer Kreuzung einfach stehen blieb, gab uns der Vermieter stattdessen einen Ford Torino 7.2 Liter mit 8 Zylindern. Das war dann was ganz anderes als unser vorheriger *AMC-Hornet*. Einmal schluckten wir drei einen Trip, fuhren mit dem Ford mit 200 km/h über die Tampa-Bridge in die Bush Gardens, einen Vergnügungspark der Superlative, und verbrachten da einen absolut irren Tag. Am Schluss landeten wir in einer Bar, wo die Typen rumhingen wie im wilden Westen, einfach ohne Pferd, dafür mit Wagen vor der Tür. Die Stimmung war eigenartig und wir fühlten uns, berieselt von Country-Klängen, völlig wie im falschen Film. Ein anderes Mal waren wir in einer Disco, wo wir die einzigen Weissen waren, ausser ein paar Frauen. Auch da fühlten wir uns fehl am Platz. Es waren zwei Extreme, die ich beobachten konnte. In der Welt der Weissen hatten die Schwarzen keinen Platz und umgekehrt. Auch wenn offiziell immer von einer gelungenen Integration gesprochen wurde, beobachtete ich das Gegenteil, die Rassen lebten völlig getrennt und wollten möglichst nichts zu tun haben miteinander.

Wir waren nach der Schule häufig am Beach. Da gab es entweder sehr fette oder sehr fitte Leute. Die fitten machten Sport. Einmal beobachteten wir ein Volleyball-Spiel von einigen Jungs, die bei jeder Bewegung darauf achteten, ihren Bizeps und andere Muskeln so wirksam anzuspannen wie nur möglich, um dabei von den wasserstoffblonden, vollbusigen Supergirls bewundert zu werden. Es hatte für mich etwas Krankes, Künstliches. Ganz

Florida kam mir so vor. Die Natur wurde zuerst zerstört und dann künstlich so aufgebaut, dass man sie nachher vermarkten konnte, mit Eintritt und dem ganzen Merchandising-Mist.

Die Schule war okay, aber wir waren eigentlich in einem zu hohen Level eingeteilt, so dass wir das Modul nach einem Monat hätten wiederholen müssen. Und das Leben war so teuer, dass wir nur drei Monate hätten bleiben können, um nachher in den Schweizer Winter zurückfahren zu müssen, was uns gar nicht behagte.

Erlebnisse in Florida

Am Schluss des Kurses musste jeder einen kurzen Vortrag halten. Mein Thema waren die Drogen.

Als wir mit unseren Vorträgen durch waren, kifften wir drei einen Joint in der Pause vor dem abschliessenden Präsentations-Set. Ein kleiner Kuwaiti präsentierte seinen Vortrag, *about colours*. Er sprach das Wort in seinem starken Slang aus und begann seinen Speech mit „There are many different kind of *Köllers, blue Köller, yellow Köller, green Köller ...*" Es zerriss mich fast vor Lachen, ich biss mir in die Unterlippe, kniff mich ins Bein, um ja nicht lachen zu müssen. Ich wollte Ahmed, wie der Kuwaiti hiess, ja nicht beleidigen. Dummerweise blickte ich kurz auf und sah, wie sich meine andern Kollegen auch fast in die Hose machten. Wir drei blickten uns einen Moment an und explodierten dann förmlich. Schreiend vor Lachen rannten wir aus dem Schulzimmer.

Einmal fuhren wir drei im Toyota von Alex in der Gegend rum und rauchten einen Joint. Ohrli zündete ihn an und gab ihn an Alex weiter, während ich hinten sass. Da ertönte eine Sirene und die Polizei fuhr vor, hielt uns an, riss die beiden Freunde aus dem Wagen, legte ihre Arme auf den Rücken und die Hände gleich in Handschellen. Es war wie in einem Film. Da ich nicht aktiv involviert war in den Konsum, verschonten mich die Polizisten, sie waren *voll digital* drauf und schienen mich nicht mal wahrzunehmen. Ich konnte nur noch fragen, wo ich meine beiden Freunde wieder finden könne und erhielt die Antwort: „Morgen im Gerichtsgebäude." Sie mussten die Nacht mit andern Kiffern, Kleinkriminellen und Outdoor-Pinklern, die genauso konsequent bestraft wurden, im Knast verbringen. Am andern Tag wurde jeder verurteilt, musste 50 $ bezahlen und war wieder frei. Dieses Erlebnis war für uns das Tüpfelchen auf dem i, um das umzusetzen, was auf den Schildern vieler Autos stand: *Florida the Sunshine State – Love it or leave it.* Wir beschlossen, das Land konsequenterweise Richtung Südamerika zu verlassen. Da uns Alex sein Land Surinam als Paradies verkauft hatte, buchten wir einen Flug nach Belem in Brasilien mit Zwischenstopp in Paramaribo, der Hauptstadt Surinams.

Surinam entpuppte sich als ein Land ohne jegliche touristische Infrastruktur. Wir wohnten in einer von Nonnen geführten Pension. Baden konnte man nicht, da der Strand von Mangroven überwachsen war, und es gab nichts zu sehen. Nach drei Tagen flogen wir weiter nach Brasilien.

E viva Brasil

Schon im Flugzeug auf dem Weg nach Brasilien lernten wir einen Mann kennen, der uns bei der Ankunft zeigen wollte, wo man Dollars zum besten Kurs in *Cruzeiros*[55] wechseln konnte. Man solle das ja nicht auf der Bank machen, auf dem Schwarzmarkt sei der Kurs viel besser. Tatsächlich kriegten wir den besten Wechselkurs unseres gesamten Aufenthaltes in diesem Land. Danach führte er uns in ein gutes und günstiges Hotel. Wir setzen uns abends auf die Dachterrasse und öffneten eine Flasche *Jim Beam*, die wir aus den USA mitgebracht hatten. Ein wie ein asiatischer Mönch aussehender Mann mit kurzrasiertem Haar fragte nett, ob er sich zu uns setzen dürfe. Er trug eine Jeans, ein weisses T-Shirt und ebensolche Turnschuhe aus Stoff. Wir boten ihm ein Glas von unserem Whiskey an und wir kamen ins Gespräch miteinander. Er heisse Abelardo, wohne in Rio de Janeiro und sei soeben mit 50 Jahren pensioniert worden. Er hatte als Techniker für die brasilianische Armee gearbeitet. Nach dem zweiten Glas folgte ein drittes und ein viertes, bis die ganze Flasche leer und wir relativ voll waren.

Abelardo erwies sich als Liebhaber und Kenner von Spirituosen und erzählte uns von seiner Sammlung bei ihm zuhause. Er bat uns, ihn anzurufen, sobald wir in Rio seien. *Minha casa é a sua casa* – Sein Haus sei unser Haus.

Am andern Tag schauten wir uns die nicht allzu aufregende Stadt an und buchten gleich eine Busreise nach Salvador de Bahia, bekannt als Ort, wo die Sklaven damals auf den Kontinent kamen, heute der kulturellen Vielfalt wegen ein touristisches Zentrum des Landes. Die Reise im bequemen Bus dauerte 72 Stunden. Alle paar Stunden hielt der Bus an und wir konnten die feinen *Sumos* und *Vitaminas* kennenlernen. Der *Vitamina de Abacaté* hatte es mir sehr angetan, ein Milchshake mit frischen Avocados. Wir konnten richtig gut schlafen im Bus und erreichten Salvador in einer ausgezeichneten Verfassung. Die Stadt war hübsch, bevölkert von vielen Mulatten, sehr schönen Menschen. Ein Traveller empfahl uns, auf die vorgelagerte Insel *Ilha de Itaparica* zu fahren, wo wir dann auf einer Mangofarm residierten und die schönen Strände genossen. Wir assen kiloweise Mango und tranken literweise deren Saft. Nach drei Tagen begann ich Zahnfleischprobleme zu kriegen und wir fuhren zurück und dann mit dem Bus nach Vitoria, wo ich zum Zahnarzt ging. Danach fuhren wir an einen nahegelegenen Strand, wo wir ein paar Tage blieben. Einmal gingen wir in den Hügeln spazieren und fanden dort halluzinogene Pilze, die wir gleich assen. Wir verschmolzen förmlich mit der Landschaft. Am Abend gingen wir zurück, zuerst an den Stränden entlang und dann ins Dorf. Abends in der Disco standen plötzlich zwölfjährige Mädchen vor uns und fragten uns in gebrochenem Englisch wie lange denn unsere besten Stücke seien „How many inches, sir?" Wir wollten nicht in irgendwelche Stories mit Minderjährigen verwickelt werden und suchten das Weite. Wir bleiben noch ein paar Tage, badeten im Meer und joggten am Strand entlang, auf dem ein totes Pferd lag. Beim Vorbeilaufen flogen jeweils die an der Leiche rumhackenden Geier weg, was etwas surreal wirkte. Wir staunten, wie schnell diese Tiere das Pferdeaas vertilgten.

Wir lernten schnell unser Spanisch ins Brasilianische umzuwandeln. Man musste einfach ein bisschen näseln und singen und ein paar Buchstaben auswechseln und schon tönte es ganz anständig. *Mujer*[56] beispielsweise wurde zu *Mulher*[57] (Muljer) und *Organisacion* zu *Organicacao*.

In Rio angekommen wollte Ohrli sofort an die Copacabana, um dort das gute Leben zu geniessen. Ich rief aber Abelardo an. Er sagte, dass wir sehr willkommen seien in seinem Haus. Er müsse aber gerade noch seinen Volkswagen reparieren und könne uns deshalb nicht abholen kommen. Wir fuhren dann mit dem Bus zu ihm nach Realengo und blieben ganze sieben Wochen in seinem Haus. Er wohnte da mit seiner Freundin, die wegen Krebs beide Brüste amputieren lassen musste, 10 Hunden und 15 Katzen sowie einem Papagei. Er hatte keine Kinder, war aber ein richtiger Tiernarr und sagte mal, dass er, wenn er mit dem Auto zu schnell unterwegs wäre und es nicht mehr stoppen könnte und entweder in eine Gruppe Menschen oder Tiere reinfahren müsse, er die Menschen wählen würde. Menschen würden Kriege anzetteln und wären schlechtere Wesen als die unschuldigen Tiere. Trotzdem freute er sich sehr über unseren Besuch und führte gleich eine Schnaps-Degustation durch am ersten Abend, während seine Freundin für uns eine Crevetten-Quiche zubereitete, die einfach himmlisch schmeckte.

Erlebnisse an der Copacabana

„Nun geht ihr an die Copacabana und habt Spass", wies er uns an und sagte, dass wir einfach kurz telefonieren sollten, wenn wir nicht nach Hause kämen abends oder nachts. Sonst würde immer gekocht für uns. Nun genossen wir Rio in vollen Zügen. Wir badeten am Strand, wo ich zwar einmal fast ertrunken wäre, weil die Wellen an der *Copa* ziemlich hoch und die Strömung stark war, und ich in eine Wellenwalze reingeriet, die mich völlig durchwirbelte. Als ich endlich wieder nach oben kam und nach Luft schnappte, brach gleich der nächste Wellenbrecher über mir ein. Ich schaffte es aber dann irgendwie, rauszukommen.

Der Strand war voll von hübschen Brasilianerinnen in knappen Tangas. Abends gingen wir in eine Disco und lernten da hübsche Mulattinnen kennen. Ich landete mit einer in einem Hotel im *Botafogo*-Quartier. Kaum waren wir im Zimmer fiel sie über mich her und wir hatten die ganze Nacht wilden, ungezügelten Sex zusammen. Den bis dato besten meines Lebens. In der Zeit fand gerade die Fussball WM 82 in Spanien statt und wir schauten uns morgens um 6 Uhr das erste Spiel des Tages an, während wir uns grad ein letztes Mal liebten. Von hinten, damit wir beide das Spiel sehen konnten. Wir verabschiedeten uns und das war's gewesen. Die Brasilianer leben einfach voll den Moment, morgen ist morgen und keiner weiss, ob er eine Zukunft hat und wie die aussehen wird.

Brasilien hatte eine super Mannschaft mit Spielern wir Zico, Socrates, Junior, Falcao und Eder. Vielleicht war es die beste Mannschaft, die das Land je hatte. Die Spieler strotzten nur so vor Spielfreude und liessen die Gegner einfach stehen mit ihren artistischen Einlagen und einem Direktspiel, mit dem sie die gegnerische Verteidigung nach Lust und Laune aushebelten und *alt* aussehen liessen. Wir schauten uns die Spiele entweder am Strand in irgendeiner Bar oder im Quartier von Abelardo an. Der Nachbar, der den besten Fernseher besass, stellte ihn auf die Strasse raus und alle brachten Stühle mit. Man stellte einen Holzfeuer-Grill auf und bereitete im Rahmen eines *Churraschinho* die unglaublich leckeren Fleischspiesse zu, die wir mit einem *guten Antarctica Pilsen* oder *Brahma Extra* Bier begleiteten. Am Schluss des Spiels tanzten die Frauen Samba und man sah genau, wie die kleinen Mädels ihre Mütter kopierten. Schon die zwölfjährigen rotierten ihre Hüften und tanzten schon wie junge Göttinnen.

Dann passierte, was niemand dachte und was einfach nicht passieren durfte, als Brasilien nach einem denkwürdigen Spiel gegen Italien, für das Paolo Rossi einen Hattrick schoss, mit 3:4 ausschied. Nun herrschte Staatstrauer. Wir waren am Tag des Spiels in den Hügeln ausserhalb Rios an einem Konzert der

Sängerin *Sandra Sa.* Als wir abends nach Rio zurückkamen, war die Stadt wie tot. Viele Leute weinten in den Strassen. Das war sehr schade, da der Präsident einen mehrtägigen Extra-Karneval angeordnet hatte, für den Fall, dass die *Selecao*[58] Weltmeister geworden wäre.

Einmal schluckten wir einen Trip an der *Copa* und schlenderten danach stundenlang durch die ganze Gegend, sahen die schönsten Frauen, Schwulenbars mit aussergewöhnlichen Transvestiten, Villen von Reichen und die ganze Bandbreite des vollen Lebens auf relativ kleinem Raum. Plötzlich fühlte ich mich unsäglich traurig und hatte das Gefühl, in einem Moloch menschlicher Abgründe zu sein. Wir fühlten uns wie Engel, die den Auftrag hatten, in diesem Sündenpfuhl das Gute zu verbreiten. Am Ende der *Avenida America*, die den ganzen Strand säumt, kamen wir an einer Kellerbar vorbei, als ich etwas Sonderbares spürte. Ich drehte mich um und sah, wie der leibhaftige Teufel mit Klumpfuss und langem Mantel hochkam, in jedem Arm eine wunderschöne Frau und in einen weissen Cadillac einstieg. Ich vermied es, ihm in die Augen zu schauen, da ich befürchtete, dass er mich dann erkannt und gleich vernichtet hätte. Wir hatten dann das Gefühl, über unermessliche Energie zu verfügen und kletterten einfach den Hügel hoch. Als wir oben waren, eröffnete sich ein atemberaubender Blick über die in das Licht der Nacht getauchte Copacabana und die halbe Stadt. Es war unbeschreiblich schön. Als wir etwas weiter gingen, hörten wir Stimmen. Wir gingen etwas weiter und befanden uns mitten in einer Favela, wie die Slums in Brasilien heissen, direkt auf einem Fussballplatz, wo ein paar Jungs im Licht einer gelb flackernden Strassenlaterne ihre artistischen Fähigkeiten mit dem Ball zum Besten gaben. Ganz am Schluss des Trips ging ich in eine Telefonkabine und rief Jasmin an während gerade die Sonne aufging. Die Szene mutete völlig surreal an. Ich erreichte sie gerade noch, bevor sie auf die Arbeit fahren musste. Ich hatte grosse Sehnsucht nach ihr und sagte ihr, dass ich sicher in ein paar

Wochen nach Hause zurückkehren würde. Am Schluss weinten wir beide am Telefon. Ich rief sie noch mehrmals an. Jeweils auf *Collect Call*, eine Methode, bei der die Kosten dem Angerufenen verrechnet wurden. Ich versprach Jasmin, ihr die Kosten dann in der Schweiz zurückzuerstatten.

Cocaine Around My Brain

Mein Freund Ohrli wollte unbedingt noch nach Bolivien fahren, um mir die Erfahrung von Kokain zu ermöglichen. Nach dem Ausscheiden von Brasilien an der WM interessierte uns kein Spiel mehr und wir fuhren über Sao Paulo nach Campo Grande, wo wir einen wunderbaren Dieselzug bestiegen und mit 40 Stundenkilometern durch die Sümpfe des *Mato Grosso de Sul* tuckerten, über Dämme an vielen Teichen entlang. Man sah ab und zu mal sogar Krokodile. Nach einigen Stunden erreichten wir Santa Cruz de la Sierra, in dieser Zeit die zweitwichtigste Stadt des Kokainhandels nach Medellin in Kolumbien. Ohrli organisierte gleich am ersten Tag eine gute Portion *Pasta*, eine braune Paste, das Vorprodukt des Kokains, welches man rauchte. Wir buchten ein Taxi, das mit uns den halben Tag lang durch die Strassen der Stadt fuhr, während wir auf den Hintersitzen das Zeugs reinzogen. Wir waren in einem Zustand angespannter Konzentration und bewunderten die mit dem Geld aus dem Drogengeschäft nett restaurierte Kolonialstadt und die schönsten Frauen, die man sich vorstellen kann. Zierliche, schlanke *Morenas* mit wunderbar feiner hellbrauner Haut und langen, geraden, braunen Haaren. Leider waren die Frauen nicht mehr so freizügig wie in Brasilien, so dass es beim Sehen blieb. Als wir die Fahrt bezahlten, kosteten uns die sechs Stunden Fahrt umgerechnet gerade mal 25 Franken. Nach einem Besuch des lokalen Kinos, wo gerade *Mad Max 2* lief, lernten wir anderntags einen französischen Dealer kennen, der uns Kokain bester Qualität verkaufen wollte. Wir fuhren mit dem Taxi zu seinem Haus, wo uns eine bildschöne Frau die Tür öffnete. Der Franzose meinte beiläufig, dass sie die Exfreundin von Maradona sei, was wir aber nicht überprüfen konnten, aber es wäre schon möglich gewesen. Eine so schöne Frau sieht man nicht alle Tage.

Der Franzose führte uns in ein Zimmer, wo ein Suppenteller gefüllt mit Kokain stand. Das Pulver glitzerte im Licht der spätnachmittäglichen Sonne wie Pulverschnee im Februar. Als Erstes bereiteten wir uns auf einem Spiegel eine richtig schöne Linie vor. Wir hackten das Pulver mit einer Rasierklinge ganz fein, rollten uns dann eine druckfrische Peso Note und zogen das Zeugs in die Nase rein. Ich fühlte mich, als hätte ich eine Pumpe am Allerwertesten, die mich aufblies, bis ich fast hätte platzen können vor Wonnegefühl. Ich fühlte mich als *Master of the Universe*. Plötzlich sah ich keine Probleme mehr, nur noch Lösungen. Ich hätte dem Papst glatt ein Doppelbett verkaufen können, so sicher fühlte ich mich, unbezwingbar!

Wir koksten die ganze Nacht durch. Mal zogen wir es durch die Nase ein, dann rauchten wir es, gemischt mit Tabak. Wir hatten keinen Hunger, tranken nur ab und zu mal ein Bier oder etwas *Mate*[59] dazu. Nach ein paar Stunden hatte ich das Gefühl, die Gedanken der andern lesen zu können. Als ich sie ihnen erzählte, bestätigten sie mir die hundertprozentige Richtigkeit. Aber auch sie konnten alles lesen, was ich gerade dachte. Es war wieder mal magisch.

Gegen Morgen wurden wir uns einig, dass wir einige Gramm des Stoffes kaufen wollten und definierten einen Übergabetermin an der *Placa*, dem Hauptplatz der Stadt. Den Preis legten wir auf 20 Franken pro Gramm fest. Der damalige Schwarzmarktpreis war glatt zehn Mal höher, und das für eine weit schlechtere Qualität. Ich wollte mit dem Ertrag Jasmin das Geld für die *Collect Calls* zurückzahlen. Wir gingen also auf die Bank und wechselten das Geld. Wir kriegten so viele Pesos dafür, dass wir es in je zwei Papiersäcken zur Bank raustrugen. Das Tauschgeschäft gab ein seltsames Bild ab.

Am nächsten Morgen waren meine Schultern mit grossen eitrigen Pickeln übersät und ich sagte mir, dass harte Drogen wirklich nichts für mich seien. Koks macht das Herz klein und hart wie eine Haselnuss, dafür den Geist kristallklar.

Wir gingen anschliessend noch einmal zurück zu Abelardo, um uns von ihm zu verabschieden. Er weinte, als wir ihn verliessen, und uns brach es auch das Herz. Er hatte uns alles gegeben, und das war viel. Wir waren wie Söhne geworden. Ich wusste damals nicht, dass ich ihn nicht mehr wiedersehen sollte. Ohrli ging ein paar Jahre später noch mal rüber und erzählte mir nach seiner Rückkehr, dass Abelardo alt, krank und traurig geworden war. Wenig später erfuhr er von seinem Tod.

Am Tag, bevor ich von Rio nach Hause flog, ging ich noch in die Stadt, um ein paar Souvenirs zu kaufen. Ich kaufte mir in einem Souvenirshop eine geflochtene Stofftasche, die mir später wertvolle Dienste leisten sollte. Als ich zahlen wollte, erstarrte ich. Neben mir stand die Frau meiner Träume und lächelt mich an mit einem Blick, der tiefer war als jedes Meer. Aber anstatt sie an der Hand zu nehmen und einfach mit ihr wegzugehen, setzte ich meinen Kopf durch, tauschte ein paar tiefe Blicke mit der Schönheit, verabschiedete mich abrupt, fuhr auf den Flugplatz und flog an diesem Abend mit der Swissair wieder nach Hause.

Ein verstopfter Rückflug in die Schweiz

Ich hatte das Coca grammweise in Pariser[60] verpackt, die ich mehrmals zuknotete. Dann stülpte ich nochmal so ein Ding darüber, wieder mehrmals verknotet. Ich hatte gehört, dass es schon Tote gegeben habe, bei denen die Dinger im Bauch oder im Darm aufgegangen wären. Ich stopfte sie in meinen Darm und ging durch die Grenzkontrolle. Eigentlich hätte ich sie dann in der Maschine wieder rausdrücken sollen, um sie mir dann kurz vor der Landung wieder reinzuschieben. Aber da ich ziemlich nervös war, liess ich sie gleich drin. Ganze 12 Stunden lang. In Zürich kam ich problemlos über die Grenze.

Zuhause in Bern verkaufte ich das Koks dann über Gabi, eine langjährige Freundin von mir. Fast alle Jungs hatten mal was mit ihr gehabt, nur ich nicht. Für mich war sie einfach nur eine ganz gute Freundin, Basta! Sie kriegte die Hälfte des Nettoerlöses, probierte aber zu viel davon und kam selber richtig drauf, was mir sehr leid tat. Die Kondome hatten etwas abgefärbt und gaben dem Pulver eine leicht gelbliche Farbe. In Bern hörte ich dann das Gerücht rumgehen, dass Coca der Superklasse rum sei in der Szene. So ein gelbes Superpulver!

Mit Jasmin wurde es schwierig. Die Liebe war irgendwie weg. Sie hatte zwar gewartet auf mich, aber als wir uns wieder sahen, waren viele enttäuschte Erwartungen im Raum. Trotzdem zog ich für eine Weile bei ihr ein in ihrer Stadtwohnung. Nun musste ich aber wieder schnell eigenes Geld verdienen.

RR Top Reinigungen – prompt, sauber, zuverlässig

Ohrli und ich hatten abgemacht, nach unserer Rückkehr ein Putzinstitut zu eröffnen, um so schnell zu Bargeld zu kommen. Als ich nach Hause kam, gab ich gleich Chiffre-Inserate auf. *RR Top Reinigungen – sauber, prompt, zuverlässig*. Als die ersten Aufträge reinkamen, hatte Ohrli, der wenig Vertrauen hatte zu unserem Projekt, bereits einen Job als Marktfahrer angenommen und verkaufte indische und thailändische Kleider, Schmuck und Räucherstäbchen.

Ich fühlte mich verseckelt[61]. Das war der Beginn einer langsamen Auflösung unserer Freundschaft. Jetzt hatte ich ein echtes Problem. Ich hatte Aufträge und brauchte rasch eine fleissige Hilfe. Ich fand sie schliesslich in der portugiesischen Frau eines etwas jähzornigen Kollegen, der mir in der Vergangenheit ab und zu guten Shit verkauft hatte. Isabel, eine kleine, drahtige und auch hübsche, dunkelhaarige Frau Anfang dreissig, entpuppte sich als richtiger Putzteufel. Sie war schnell und fleissig. Ich machte den Vertrag mit dem Kunden, der die Reinigung bei der Übergabe gleich bar bezahlen musste. Danach fuhr ich mit dem *Fiat Panda* von Jasmin zum Migros und kaufte mir das ganze Material. Kessel, Besen, Lumpen und Reinigungsmittel aller Art. Dann legten wir los. Nach Erhalt des Geldes zog ich die Inserats- und Materialkosten ab und teilte das Geld 1:1 mit Isabel. Wir konnten so ganz gut verdienen. Oft hatten wir eine Wohnung in einem Tag gereinigt und jeder hatte 700 Franken auf der Hand. Steuerfrei. Wir reinigten sicher so um die 20 Wohnungen, als mir Isabel eröffnete, dass Ihr Mann und sie für einen Monat nach Portugal in den Urlaub fahren würden. Sie hatte sich ein schönes Feriengeld verdient mit mir. Da hatte ich wieder ein Problem. Diesmal fand ich Abdul, einen mit einer Schweizerin verheirateter Jordanier, der auch Geld brauchte. Er war lange nicht so fleissig wie die Portugiesin, aber ich konnte ihn immer wieder motivieren mitzuarbeiten. Bald hatte er einen andern Kollegen aus Jordanien gefunden, der den Job für ihn machte. Das Geld lief aber immer noch über ihn. Als ich einem Lieferanten angab, ein Institut eröffnen zu wollen, stattete er mich mit Profi-Mustermaterial aus. Da sah ich, dass wir es viel leichter hätten haben können, wenn wir gleich von Anfang an mit Profi-Material gearbeitet hätten. Abdul und ich reinigten nun noch unsere letzte Wohnung. Wir wollten ein neues Putzmittel der Giftklasse 3 testen. Alles ging gut, bis Abdul einen Linoleumboden mit dem Mittel reinigte, der dabei teilweise entfärbt wurde. Bei der Übergabe machte der Mieter Stress und ich hatte ja keine Haftpflicht-Versicherung. Am Schluss musste der Kunden nur die Hälfte bezahlen und wir liessen uns gegenseitig in Ruhe. Das war das Ende von *RR Top*.

In dieser Zeit durfte ich immer Jasmins *Fiat Panda* fahren. Bern kam damals politisch grad in rot-grüne Hände, was dazu führte, dass der öffentliche Verkehr auf Kosten des freien Verkehrs gefördert wurde. Es wurden für Busse reservierte Spuren geschaffen und der Verkehr wurde auf eine Spur reduziert, was oft zu langen Kolonnen führte. Da ich immer etwas im Stress war, fuhr ich mal die fast zwei Kilometer vom Wylerquartier bis zur Schützenmatt auf der Busspur, begleitet von gelegentlichem Hupen genervter, artig in der Kolonne wartenden Fahrern. Ganz am Schluss stand ich vor einer Ampel in der Schützenmatte und musste wieder auf die linke Spur, um weiterfahren zu können. Ich wusste, dass ich daher schon bei gelb losfahren und den wartenden Wagen neben mir von rechts her überholen musste. Schon das war verboten. Als ich nach links schaute, sah ich einen weissen *VW Passat*. Darin sass ein Mann, der wild herumfuchtelte und mit dem Zeigefinger auf seine Schulter zeigte. Da ich mal eine schlechte Erfahrung gemacht hatte, als mir ein an einer Ampel hinter mir Wartender die Türe aufriss und mir einen Faustschlag ins Gesicht gab, drückte ich auf den Türknopf.

Ich sah den Mann rumfuchteln, drückte bei gelb aufs Gas und fuhr ihm mit pfeifenden Reifen vor seinen Wagen. Der Passat begann mich zu verfolgen. Bei der ersten roten Ampel fuhr ich einfach drüber, um ihn abhängen zu können. Sein Wagen war aber viel schneller als mein *Panda* und nach ein paar hundert Metern hatte er mich wieder eingeholt. Bei der nächsten Ampel, die wieder auf Rot war, wiederholte ich dasselbe und drückte nun voll aufs Gas. Ich raste am Schluss mit 100 Stundenkilometern in der 60er Zone durch die Freiburgstrasse Richtung Bümpliz, als ich wieder an eine rote Ampel kam, kurz vor einer Autobahneinfahrt. Da es zu riskant gewesen wäre, wieder bei Rot drüberzufahren und der *Passat* mich wieder eingeholt hatte, hielt ich schliesslich an. Im Rückspiegel sah ich einen Polizisten ohne Hut aussteigen. Er stellte sich vor meinen Wagen und bat mich mit lauter Stimme, ja nicht weiterzufahren und dafür auf der Stelle auszusteigen. Völlig bleich und geschockt stieg ich aus, zeigte ihm meine Papiere und erklärte ihm den ganzen Sachverhalt, völlig ehrlich und dass ich Todesangst gehabt hatte. Am Schluss entschuldigte sich der Polizist sogar noch bei mir und liess mich weiterfahren. Ich erhielt nicht mal eine Busse für dieses Vergehen, für das ich den Ausweis wohl monatelang hätte deponieren müssen.

Viele Jahre später sollte mir nochmals noch was sehr Ähnliches passieren. Diese Geschichte kommt aber erst ganz am Ende dieses Buches.

Nun hatte ich also wieder etwas Geld und Zeit und genoss das Leben in vollen Zügen. Ab und zu fuhren Abdul und ich quer durch die Schweiz. Wir schauten uns Occassionsautos[62] an, die er in den mittleren Osten exportieren wollte, wie viele seiner Landsleute es taten. Obwohl ich seiner Meinung nach Geld investieren sollte, liess ich es bleiben. Es wären andere Jordanier in den Job involviert gewesen und ich verstand ihre Sprache nicht, in die sie jeweils wechselten wenn es emotional wurde. Mir gefiel auch nicht, wie Abdul mit seiner Frau umging. Er kam oft zu Unzeiten mit Freunden nach Hause, um zu kiffen und zu trinken, während sie ihnen Essen zubereiten musste. Sie tat es, da sie ein geringes Selbstvertrauen hatte und er darauf bestand, da diese Rolle Teil seines Kulturverständnisses war. Auch sah Abdul viel hübscher aus als sie. Da war sie einen unheiligen oder eben gerade heiligen Deal eingegangen. Oft bediente sie die Freunde bis früh am Morgen und musste bereits um sieben Uhr wieder arbeiten gehen, um wenigstens ein festes Einkommen nach Hause zu bringen. Einmal fuhren wir an die Party einer Freundin meiner Schwester Doris in der Nähe von Zürich. Ich verbrachte die Nacht mit dieser Freundin. Am nächsten Abend

fuhren wir alle zusammen in eine Disco bei Baden, wo die Mölltaler spielten, für mich das reine Grausen. Die Freundin von Doris stand aber auf diese Art von Unterhaltung. Ich liess das Konzert über mich ergehen. Danach kamen wir mit den Musikern in
Kontakt und rauchten mit ihnen sogar noch einen Joint auf ihrem Zimmer. Im Gespräch erzählten sie uns, dass sie alle Top
Musiker seien, die alle Genres beherrschten, sie diese Art der
Musik aber spielten, mit dem Ziel möglichst vielen Leuten Freude zu bereiten. Was für ein Unterschied zur Motivation vieler
Rockmusiker, die einfach nur vor Publikum eine Ego-Nummer
abzogen und eine Art musikalisch untermalte Onanie betrieben.
An diesem Abend hatte sich meine Einstellung zu Unterhal-
tungsmusikern dieser Art ziemlich verändert.

Die Magie der Kleptomanie

In der Zeit hatten Jasmin und ich eine seltsame Lust zur Klepto-
manie entwickelt, obwohl wir eigentlich genug Geld hatten.
Aber es war irgendwie erregend und spannend, schlauer zu sein
als die Shop-Betreiber, die alles Mögliche unternahmen, um Die-
ben auf die Schliche zu kommen und dafür auch extra Personal
anstellten. Ab und zu trennten wir uns in der Eingangshalle eines Kaufhauses und machten ab, wo und wann wir uns dann zu
Hause treffen würden, um zu sehen, wer heute besser war. Meine geflochtene brasilianische Korbtasche tat mir dabei oft gute
Dienste. Sie krümmte sich oben natürlich zusammen und machte es mir einfach, feste Gegenstände schnell verschwinden zu
lassen. Wir checkten immer zuerst alle Spiegel und gingen rum,
um zu sehen, ob als Kunden getarnte Spione am Werk waren.
Sie waren gut daran zu erkennen, dass sie dauernd aufschauten
und beobachten. Dann gingen wir rum und merkten uns die
Produkte, die wir später klauen wollten. Schliesslich packten wir
sie in eine Tasche, oder zogen mehrere Kleidungsstücke überei-
nander an, indem wir beispielsweise vier Artikel in die

Umziehkabine mitnahmen und nur drei zurückbrachten. Jasmin klaute gerne hübsche Unterwäsche, die sie zuhause dann gleich anzog und mir zeigte. Wir waren wahrscheinlich so erfolgreich, weil wir so unglaublich unschuldig aussahen. Wenn ich nicht mal den Fehler gemacht hätte, eine Fellabdeckung für ein Steuerrad unter einer dicken Winterjacke zu verstecken, um sie dann auf dem Kunden-Parkplatz gleich umständlich zu montieren, wäre ich nie erwischt worden dabei. Ein Typ hatte mich mit meiner Ausbuchtung unter der Jacke als verdächtig empfunden und ging mir nach auf dem Parkplatz. Ich gab aber falsche Personalien an und klaute ab diesem Moment nie mehr etwas. Die Zeichen waren klar. Schon vorher hatte ich mal in einem bekannten Jeans-Laden in Bern eine mir perfekt am Arsch sitzende Lederhose geklaut, zwar mit einem extra dafür mitgebrachten Teppichmesser den Metallknopf ganz unten am Hosenbund entfernt, aber nicht beachtet, dass ein mit Metallkügelchen gefülltes Säckchen im Hosensack lag. Ich hatte die Lederhose in einen ebenfalls mitgebrachten Sack der Firma gesteckt und verabschiedete mich sogar noch von einem Angestellten hinter der Kasse, dem ich in der Vergangenheit ab und zu mal eine kleine Menge Shit verkauft hatte. Als ich bei der elektronischen Kontrolle durchging, begann die Sirene zu heulen und ich rannte einfach davon, die Gasse runter. Auf halbem Weg kam mir meine Mutter entgegen, ich rief nur: „Sorry Mutter grad keine Zeit", und rannte weiter zur Busstation. Da ich viel joggte, hatte ich keine Angst, dass mir einer hätte folgen können. Zuhause probierte ich die Hose nochmals vor einem Spiegel an. Ich sah darin aus wie ein junger Gott. Noch nie hatte mir eine Hose so gut gepasst. Aber ich war unzufrieden mit der Aktion. Also rief ich den Shop an, sagte, dass ich der Dieb der Hose sei und sie irgendwann zurückbringen würde. Ich brachte sie am andern Tag retour, ging blitzschnell rein, übergab die Hose und ging genauso schnell wieder raus, hörte nur noch ein „diese Aktion ist uns allen extrem schlecht eingefahren" und war weg. Das Highlight meiner Karriere als Dieb war, als ich bei einer grossen Schweizer Handelskette ein Gummiboot klaute. In einem bekannten Einkaufszentrum etwas ausserhalb der Stadt. Ich hatte es mir in den Kopf gesetzt. Es war ein ziemlich schweres, kompaktes und doch recht grosses Paket. Auf dem Weg zur gleich an die Sportabteilung angrenzende Pflanzenabteilung, die im Aussenbereich über ein Kassenhäuschen verfügte, wo ich das Areal verlassen wollte, hatte ich noch keine Ahnung, wie das gehen sollte. Aber ich war sicher, dass mir dazu noch etwas einfallen würde. Zwei Meter vor dem Häuschen kam schliesslich die rettende Idee. Ich sagte der Verkaufsperson an der Kasse, dass ich dieses Boot gestern gekauft und zuhause festgestellt hätte, das es ein Loch hatte woraus die Luft wieder entweichen konnte. Sie fragte mich ob ich's bei ihr gekauft hätte worauf ich antwortete „nein im Geschäft in Bern". Da sagte die Verkäuferin ernst: „Dann müssen sie es in diesem Geschäft eintauschen, direkt beim Kundendienst!" und schickte mich entschieden weg.

Kurze Erfahrung auf dem Belpberg

Jasmin und ich zogen in eine WG auf dem Belpberg, zusammen mit einem Gitarrenlehrer, seiner Freundin, einer ehemaligen Lehrerin und nun Antikschreinerin, sowie dem Geschäftsführer von *BRO Records*, einem damaligen CD-Laden in der Berner Altstadt. Wir kannten uns seit ein paar Jahren und waren uns immer sehr sympathisch. Sie hatten die Vision einer WG mit intellektuellem Austausch und sogar von der Gründung einer Hausband nach einiger Zeit. Das Chalet war direkt neben einem Bauernhof gelegen in einer wunderschönen Ausflugsgegend mit Blick auf das Gürbetal und die Stockhornkette der Berner Alpen. Das Haus verfügte sogar über einen eigenen Swimming Pool. Jasmin arbeitete in Bern und ich konnte mir einen Job als Hilfskoch in einer alternativen Beiz nahe des Berner Tierparks *Dählhölzli* reinziehen, wo ich an drei Tagen pro Woche kochte. Jasmin hatte Mühe mit der Erfüllung der intellektuellen Ansprüche des andern Pärchens und ich war wegen des Kochjobs recht gestresst. Die Arbeit war hart und ging mir an die Nerven. Einmal schmiss ich einem frech gewordenen Kellner ein Küchenmesser hinterher, welches glücklicherweise leicht nachfedernd in der Türe steckenblieb. Auch stank ich nach Feierabend immer wie ein Pommes Frites, da sich die Düfte im Fett von Haut und Haaren festsetzten. Nach einem Eklat in der WG suchten Jasmin und ich uns schliesslich eine neue Wohnung, in Krauchthal, einem Bauerndorf ausserhalb Berns.

Ich arbeitete noch ein paar Wochen als Koch, hängte diesen Job aber dann auch an den Nagel. Aber ich hatte gelernt, die beste *Mousse au Chocolat* der Welt zu machen.

Schweissen für die SBB

Jöchu, der Exfreund von Jasmin, bot mir dann einen Job an als Hilfsschweisser für eine Berner Firma, welche Fahrleitungen für die SBB baute. Wir zwei arbeiteten in einer kleinen Schweisshalle direkt bei *der Verzinkerei Aarberg*. Beim Hinfahren gefielen mir die Songs der neuen deutschen Welle, allen voran *Ich düse im Sauseschritt* von *Codo*, *Völlig losgelöst* von *Peter Schilling* und *Bruttosozialprodukt* von *Geier Sturzflug*.

Die Arbeit war hart. Ich musste auf Eisenbahnwagen angelieferte Doppelträger-Stahlbalken mittels eines *Habegger*-Krans auf zwei lange Stahlböcke verteilen. Dann fettete ich mir mein Gesicht ein und zog mir einen Gesichts-, Nasen sowie Hörschutz an, um mich vor Lärm und Eisenstaub zu schützen. Mit einer Atlas Copco Luftdruck-Schleifmaschine bereitete ich das Anschweissen der Bodenplatte vor, indem ich das Metall zuspitzte, die Kanten und Brauen auf der andern Seite schliff und schliesslich bohrte ich Löcher für die Fixierung der späteren Verankerung ins dicke Metall. Auch schweisste ich Erdungsklötze an die

Bodenplatte. Innerhalb eines Monats hatte ich fünf Kilo an Muskelmasse zugelegt. Meine Haut wurde aber in dieser Zeit durch den Dreck wieder massiv schlechter.

Jöchu schweisste die Bodenplatten an die Doppelträgerbalken. Er ging oft aufs Klo, um sich einen Cocktail von Heroin und Kokain reinzuziehen. Als er zurückkam, war er immer wie gedopt und arbeitete wie ein Irrer. Da war ich gefordert mitzuhalten, ohne Doping!

Wir arbeiteten im Akkord, je schneller wir das Tagesprogramm erledigt hatten, desto früher konnten wir nach Hause fahren. Wir begannen morgens um sieben und waren dafür oft nachmittags um vier Uhr schon im Moossee, wo wir die Sonne genossen.

Einmal gab es ein Betriebsfest, wo wir mit Begleitung eingeladen waren. Jöchu und ich fuhren mit unseren Freundinnen hin ins Kemmeriboden Bad im Emmental. Zuhause offerierte er mir noch einen Heroin-Kokain-Cocktail. Das war meine einzige Pulver-Ausnahme in vielen Jahren. Das Zeugs fuhr uns derart ein, dass wir uns im Kemmeriboden gleich zwei leere Zimmerchen bunkerten und mit unseren Freundinnen da abtauchten. Beim Essen waren wir dann wieder einigermassen nüchtern dabei.

Jöchu verabschiedet sich

Jöchu fuhr häufig nach Thailand und schmuggelte Heroin in die Schweiz. Das tauschte er dann gegen Koks, um sich seine Cocktails zu präparieren.

Er war immer ein Geniesser und gleichzeitig unglaublicher Pedant gewesen. Früher bei Rauchen von Haschisch machte er jeweils eine richtige Zelebration aus der Vorbereitung, so dass ich es kaum erwarten konnte, den Joint oder die Pfeife endlich anzünden zu dürfen. Wahrscheinlich war er auch deshalb bei den

Frauen so beliebt, weil er dieses Prozedere möglicherweise auch in der Liebe durchzog.

Er wurde aber leider immer schizophrener und richtig unerträglich, wenn er nicht auf Drogen war. Eines Morgens erschien er nicht zur Arbeit. Dafür war ein neuer Schweisser da, Fred. Er teilte mir mit, dass Jöchu sich das Leben genommen habe. Er hatte sich die Abgase seines extrem gepflegten, immer auf Hochglanz polierten, grau-blauen Volvo 122 Klassikers in den Innenraum geleitet. Dazu lief seine Lieblingsmusik. Das Live-Album *Peter Frampton Comes alive*. Jöchu brachte sich sogar stilvoll um!

Mein neuer Schweisskollege hiess Fred, war ein 50 Jahre alter harter Kerl und ich hatte nicht das beste Verhältnis zu ihm. Er war in einem abgelegenen Seitental im Berner Oberland aufgewachsen und musste als Kind täglich viele Berg-Kilometer zu Fuss hin- und zurücklegen. Nur im Winter konnte er mit dem Schlitten runterfahren. Auch sonst muss sein Leben hart und entbehrlich gewesen sein, was ihn stark geprägt hatte. Fred tat aber etwas, was ich ihm nie vergessen werde. Er sagte mir mal, dass ich doch endlich zum Arzt gehen solle, um mir *Retin A* verschreiben zu lassen, damit ich meine Pickel endlich loswürde. Ich tat es mit Erfolg.

Erstens kommt es anders

Nach 9 Monaten wurde mir der Job zu öde und ich liess mir kündigen. Nun wollte ich stempeln gehen und mir eine easy Zeit machen, wie es einige von meinen damaligen Kollegen auch taten. Ich war zu dieser Zeit immer noch mit Jasmin zusammen, wieder in einer Wohnung in Zollikofen und ging zweimal pro Woche auf das Arbeitsamt, um stempeln zu gehen. Schon nach einem Monat fragte mich die Frau, ob ich nicht Lust hätte, für das Arbeitsamt zu arbeiten. Ich sei ja Kaufmann und es sei eine

Stelle frei geworden. Ich konnte nicht gut nein sagen und nahm die Stelle. Irgendwie war ich aber auch froh, da ich nie auf Kosten anderer leben wollte. Ich finanzierte mein Leben mit allen Eskapaden immer selber. Im Sommer fuhr ich mit Jasmin in Richtung *Isola d'Elba*. Als wir mal mit Fahren abwechselten, ging sie kurz weg und kam mit einem Hund im Arm zurück. Ein ungefähr 6 Monate alter eleganter Jagdhund-Bastard. Sie wollte ihn mitnehmen, sonst würde er von irgendeinem vorbeifahrenden Laster überfahren. Als ich insistierte, stellte sie sich einfach vor den Wagen und sagte: „Entweder mit Hund oder gar nicht!" Von da an hatten wir also einen Hund. Wir liessen uns auf *Elba* ein falsches Impfzeugnis ausstellen und brachten den Hund in die Schweiz, wo er dann in einem Hundehaus leben musste, da wir beide ja arbeiten mussten. Der Hund, wir nannten sie sinnigerweise Elba, wurde wahrscheinlich früher von Velo- und Mofafahrern häufig im Vorbeifahren getreten, was dazu führte, dass sie jeden Rad- oder Mofafahrer zum Stehen brachte, indem sie ihm am Hosenbein hing. Auch griff sie Menschen an, die irgendeine Angst zeigten. Eines ihrer Opfer war leider unsere Vermieterin, die aber grosse Toleranz zeigte.

Mit Elba auf Trip

Ich kiffte immer noch regelmässig mit meinen Freunden, obwohl ich mich nüchtern immer massiv besser fühlte. Das Kiffen machte mich nur nachdenklich und auch leicht depressiv. Ich begann immer mehr über alles Mögliche nachzudenken und grübelte an mir und der Welt herum. Einmal ging ich mit der Clique meiner jüngeren Schwester Doris, die ich in diesen Jahren endlich auch kennenlernte, ins Schwarzenburger Land, um auf LSD-Trip zu gehen. Als der Trip einfuhr, begannen die Leute zu lachen und führten sich richtig dämlich auf. Da sagte ich zu Elba: „Komm lass uns losgehen", und wanderte die fast 20 Kilometer bis nach Schliern zu meinen früheren WG-Kollegen. Ich fühlte mich wie in einem Märchen der Gebrüder Grimm. Elba und ich gingen durch Wälder, kamen an feuchte Stellen vorbei, wo ich merkte dass sie von weiblichen Energien besetzt waren und ich mich als Mann ganz gut benehmen müsse, um nicht von irgendwelchen Hüterinnen weiblicher Geheimnisse bestraft zu werden. Ich kam zu Wegkreuzungen, wo ich Entscheide treffen musste, die mir in diesem Moment extrem wichtig vorkamen, traf Schafherden, mit denen ich mich unterhielt, flirtete mit einer vollbusigen Frau, die wie Frau Holle die Decke vor ihrem *Stöckli* ausschüttelte, und landete schliesslich auf einem Aussichtspunkt, von wo aus ich einen Blick auf die ganze Stadt Bern hatte. Da sah ich all die Menschen, wie sie wohnten, und all ihre routinemässigen Wege, eingezeichnet als rote Striche. Mir fiel auf, dass sich die meisten auf den immer gleichen, ausgetretenen Pfaden bewegten, in engen Grenzen, und so am eigentlichen Leben vorbei lebten und viele Erfahrungen verpassten. Tief in mir spürte ich eine spirituelle Kraft, die mich vorantrieb, um dem Geheimnis der Natur auf den Grund zu kommen.

Auf dem Weg zur Erleuchtung und mein letzter Joint

Als mir ein Freund erzählte, dass er in Sri Lanka gewesen war, um dort Meditation zu lernen, wollte ich nur noch da hin. Jasmin wollte dieses Mal unbedingt mitkommen. Wir organisierten, dass der Hund bei ihrem Vater bleiben konnte, kündigten Arbeitsstellen und Wohnung und flogen im November nach Colombo in Sri Lanka. Wir erkundeten die Insel mit Bussen. Als ich einmal an einer Stelle vom einen auf den andern Bus umstieg, kam ein Einheimischer schnurstracks auf mich zu und sagte nur: „You must meditate!" Dann ging er wortlos von dannen.

Auf dem Weg in den Süden kamen wir auch am bekannten Freak-Beach *Hikkkaduwa* vorbei. Wir mieteten uns ein nettes Häuschen und ich kaufte mir ein paar Gramm guten schwarzen nepalesischen Pot. Gleich drehte ich mir einen Joint am Beach und rauchte ihn genüsslich. Plötzlich fühlte ich tief in mir eine riesige Kälte, wie ich es schon einmal in Schönbühl am Bahnhof erlebt hatte und schlotterte bei 32 Grad am tropischen Sandstrand. Mein Herz fühlte sich an wie tiefgefroren. Da nahm ich das Stück Hasch und warf es ins weite Meer hinaus. Das war das definitive Ende meiner Kifferzeit.

Die Reise mit Jasmin war eine grosse Herausforderung. Sie war oft mit sich selber beschäftigt und hatte selten konstruktive Ideen und machte einfach alles mit, was ich wollte. Das war auf der einen Seite gut, weil ich ja immer viele Ideen hatte, oft aber auch mühsam, weil von ihr einfach nie was kam. Diese Situation erlebte ich als ziemlich anstrengend und mühsam.

Vor dem anvisierten Meditationskurs wohnten wir noch für eine Woche am *Unawattuna*-Beach bei Galle direkt am Strand, eine Stelle die ein paar Jahrzehnte später vom Tsunami völlig zerstört wurde. Auf einem Fels oberhalb des Dorfes wohnte ein westlicher Mönch, der einmal pro Tag in seiner safrangelben Robe, als Teil seiner Praxis, bettelnd durchs Dorf ging. Er sollte unser späterer Lehrer Rahula sein.

Wir trafen ihn zwei Wochen später wieder beim Einchecken für das 10-Tage-Vipassana-Retreat. Da Frauen und Männer strikt getrennt wurden, mussten wir separate Zimmer nehmen. Auch durfte während des gesamten Retreats nicht geredet werden. Eine Ausnahme bildeten Fragen während einer täglichen Frage-Session mit Rahula, die er mit geschickten Gegenfragen jeweils gegenstandlos machte. Der Tag begann mit Aufstehen um halb fünf morgens, Zähne und Zunge putzen, gefolgt von einer einstündigen Frühmeditation, bei der wir nur still sitzen und den Atem beobachten sollten. Danach gab es eine Stunde Yoga, um unsere verwöhnten Körper an die Strapazen der harten Meditationssitzungen zu gewöhnen. Etwas später wurde wieder meditiert, und dann was Kleines zu Mittag gegessen. Am Nachmittag stand eine sogenannte Gehmeditation auf dem Programm, wo wir uns eine Stunde lang auf einem zum Gelände dazu gehörenden Sportplatz – quasi in Zeitlupe – bewegen mussten. Am Nachmittag gab's dann nochmals eine Stunde Yoga und danach wieder zweimal eine Stunde Meditation. Eine davon draussen in freier Natur. Als ich mal zurückkam, zeigte jemand auf meine Beine. Meine Beine waren übersät von Blutspuren. Ich war von Blutegeln heimgesucht worden, spürte aber nichts davon.

Einmal sollten wir zwei Stunden meditieren, ohne uns zu bewegen. Plötzlich schaute ich den Lehrer unvermittelt an. Er blickte zurück und sagte nur: „Woher hast Du gewusst, dass gerade jetzt fertig ist?", und schlug den Gong.

Nach anfänglichen grossen Schwierigkeiten gewöhnte sich der Körper, auch dank der regelmässigen Yogasessions, schnell an die harte Meditationsübung. Die Konzentration auf den Atem führte nach einigen Tagen zu Momenten von absoluter Ruhe und Gelassenheit. Die Hektik des Alltags mit all den damit verbunden Problemen verschwand immer mehr und ich fühlte mich in gewissen Momenten wirklich eins mit dem Universum. Das war schon eine ganz tiefe Erfahrung. Abends gab es kein Essen mehr, sondern nur noch eine Tasse Tee oder Wurzelkaffee. Wir sassen dabei oft unter freiem Himmel, fern jeglicher Zivilisation mit ihren Lichtern und ihrem Lärm, und die Sterne leuchteten stark im uns völlig einnehmenden Himmelszelt. Diese Momente waren einmalig, von unbeschreiblicher, entrückter Schönheit.

Die Rückkehr in die Zivilisation war eine grosse Herausforderung. Dabei befanden wir uns erst in einem Dorf. Aber schon hier lärmte es an allen Ecken und Enden und die Hektik des Alltags war kaum auszuhalten. Auf dem lokalen Markt gab es aber Mangos in 72 verschiedenen Sorten, was nach all dem eintönigen Essen während des Retreats eine äusserst willkommene Abwechslung darstellte. Wir fuhren dann mit dem Bus zurück nach Colombo, um ein Visum zu beantragen, um nach Indien weiterzureisen. Da aber vor wenigen Wochen die damalige Premierministerin Indira Gandhi ermordet worden war, stellt die indische Botschaft in dieser Zeit keine Visa aus. Da wir nach den vielen Wochen Sri Lanka wieder mal was anderes sehen wollten, entschieden wir uns dafür, nach Singapur weiterzufliegen. Das war nur wenige Tage nach unserem intensiven Retreat. Als wir in Singapur gelandet waren, kriegten wir schon auf dem Flugplatz einen veritablen Kulturschock. Überall prall gefüllte Läden mit Luxusgütern aller Art, überall Restaurants, wo die Gäste ihre Teller oft halbvoll rumstehen liessen, als hätten sie alle flüchten müssen. Es war völlig verschieden vom Drittweltland Sri Lanka, wo praktisch kein Abfall produziert wurde und alles, was irgendwie nützlich war, weiter verwendet wurde. Wir verbrachten zwei Tage im wahrscheinlich luxuriösesten YMCA, mit Swimming Pool auf dem Dach und einem atemberaubenden Blick auf die Skyline dieser verrückten Stadt, einer interessanten Mischung aus West und Ost. Neben riesigen Shoppingmalls gab es auch chinesische Tempel, neben Wolkenkratzern auch Strassenzüge im Kolonialstil. Was uns auch faszinierte war der Nightmarket, wo man an unzähligen Ständen unter freiem Himmel so vielseitig essen konnte, wie wahrscheinlich nur an ganz wenigen Orten dieser Welt.

Wir fuhren dann mit der Eisenbahn die wunderschöne Strecke über Malaysia hoch nach Thailand. In *Surat Thani* stiegen wir aus, um noch einen Monat in *Phuket* zu verbringen, wo ich die Veränderungen in den wenigen Jahren seit meinem ersten Besuch mit Schrecken zur Kenntnis nahm. Alles war total verändert. Da, wo früher noch einsame Strände gewesen waren, befanden sich nun Luxushotels. Abends war ich oft bei den thailändischen Arbeitern auf der Baustelle eines gerade entstehenden *Club-Med*-Hotels, die mitsamt ihren Familien gleich auf der Baustelle wohnten, bis der Bau fertig war. Wir sassen um eine Feuerstelle, assen zusammen wunderbare Gerichte und tranken *Singha*-Bier und *Mekong* Whiskey. Es waren wunderschöne

Begegnungen, auch wenn wir uns nur mit Gesten unterhalten konnten. Morgens stand ich jeweils um fünf auf, um vor Sonnenaufgang am Strand meine frisch gelernten Yogaübungen zu machen. Danach liess ich bei Sonnenaufgang meinen Körper ins 30 Grad warme, kristallklare Wasser eintauchen, respektive mit dem Wasser verschmelzen. Auch das waren magische Momente.

Später fuhren wir noch für eine Woche auf die In-Insel *Ko Samui*. In *Surat Thani* blieben wir einen Tag lang in einem der wenigen Hotels der Stadt, bevor wir das Schiff zur Insel bestiegen. Da beobachtete ich, wie der Polizeichef so zwei- bis dreimal am Tag, jeweils mit einer andern Frau hinten auf dem Gepäckträger seines Mopeds ins Hotel kam und eine halbe Stunde später wieder wegfuhr. Wie ich später erfuhr, war das einfach völlig normal. Prostitution findet man in diesem Land überall und ist kein Tabu. Die Prostituierten werden als ganz normale Bürgerinnen behandelt und auch nicht ausgegrenzt. Darum konnte sich Thailand während des Vietnamkrieges auch so einfach zur Entspannungs- und Vergnügungsmeile abgekämpfter Soldaten entwickeln, später abgelöst durch internationale Sextouristen.

Amöbenruhr, Parathyphus und Lamblien

Nach einer Woche auf der damals noch paradiesisch schönen und auch ruhigen, kleinen Insel, fuhren wir nach *Kuala Lumpur* und kauften uns da endlich die Tickets nach Indien. Wir landeten spät nachts in *Madras*, heute *Chennai* genannt. Am Flughafen wandten wir uns an einen herumstehenden Inder und fragten ihn, ob er uns helfen könne, ein Hotel zu finden in dieser riesigen Stadt. Er führte uns in seinem Wagen direkt zu einem günstigen Hotel und holte uns am nächsten Tag ab, um uns die Stadt und am Ende auch noch die Pferderennbahn zu zeigen. Er war nicht sonderlich nett, und ich fragte ihn, warum er das alles mache für uns. Er meinte, dass er Muslim sei und es für ihn eine Pflicht sei, uns zu helfen, da wir ihn ja gefragt hätten. Er hatte uns wirklich sehr geholfen in *Madras* anzukommen. Wir machten dann viel Sightseeing in einer für uns völlig neuen Welt. Die Strassen der Stadt waren jeden Tag so verstopft wie in Bern während des Zibelemärits[63]. Es herrschte ein dauerndes Chaos. Am Strassenrand gab es Restaurants, Shops, Lassieverkäufer[64], wohnten Leute in Blechhütten. Überall standen Kühe rum. Die Strasse war ein Mikrokosmos, ein Gewühl aus Bussen, Autos, dreirädrigen *Vespa*-Transportern, Motorrädern und Fussgängern, die sich geschickt einen Weg durch das ganze Chaos suchten, das sich, wie durch Zauberhand, irgendwie selber organisierte. Es war jedes Mal ein Abenteuer, das Hotel zu verlassen und uns da reinzustürzen. Man musste auch dauernd aufpassen, dass einem nichts geklaut wurde. Die indischen Diebe waren Künstler in ihrem Gebiet. Einmal stiegen wir in einen öffentlichen Bus. Um die Gefahren wissend, stopfte ich mir Pass und Geld vorne in meine Hose rein und hatte nur eine Jeans-Handtasche dabei, in der ich wenig Kleingeld drin hatte für das Nötigste. Obwohl ich die Tasche die ganze Zeit im Auge behielt, war sie leer, als ich ausstieg und nachschaute. Das war einfach unglaublich. Einmal besuchten wir eine Ausstellung zur Information der Bürger über alle möglichen Krankheiten. Es war wie eine Ausstellung der Absurditäten. Da gab es präparierte, in Spiritus eingelegte Köperteile, befallen von den unmöglichsten Krankheiten und reihenweise Schaubilder zu bewundern. Auf einem Bild sah ich eine breitbeinig dasitzende Frau, der ein bis zu den Knien reichendes Geschwür aus ihrem Unterleib rausquoll. Es war nur schrecklich. Als wir zurück zu unserem Hotel gingen, spürte ich plötzlich eine unglaubliche Power in mir. Im Hotel machte ich einige Liegestützen und Rumpfbeugen, um die Energie irgendwie unter Kontrolle zu bringen. Danach gingen wir in ein Restaurant essen, obwohl wir eigentlich gar keinen Hunger hatten. Das war der erste Fehler. Dann war das Restaurant schmutzig, das war der zweite, und schliesslich kam das Essen nur lauwarm auf den Tisch, das war dann Fehler Nummer drei. Nachts kriegte ich hohes Fieber und war am Morgen schwer krank. Die Toilette wurde wieder mal ein Zufluchtsort für mich. Ich hatte Krämpfe. Der Arzt sagte, dass es Amöben seien und gab mir sechs verschiedene Pillen. Nach ein paar Tagen waren die Krämpfe und der Dünnpfiff weg, aber das Fieber blieb. Wir fuhren dann täglich mit einer dreirädrigen Motorrad-Rischka, die sich geschickt einen Weg durch das Verkehrschaos suchte, in ein Spital, um mich untersuchen zu lassen. Die Ärzte checkten, ob ich Malaria oder Typhus hätte, fanden aber nichts. Ich hatte weiterhin über 40 Grad Fieber und schlotterte wie ein Schlosshund, obwohl es draussen 38 Grad heiss war. Dazu kam, dass Jasmin auf der ganzen Reise einfach alles nur mitmachte, nie Ideen brachte und alles immer irgendwie langweilig fand. Das hatte mich zunehmend sauer gemacht. Nach der vierten Nacht mit Fieber drehte ich dann völlig durch. Ich mobilisierte meine letzten Kräfte, schlug zuerst den Wandschrank in Stücke und dann auf das Bett ein, bis es zusammenfiel. Dann fiel ich erschöpft auf die Matratze und schlief 12 Stunden durch. Als ich erwachte, war das Fieber weg. Da ich weder Kraft noch Lust hatte, in Indien weiterzureisen, bezahlten wir Zimmer und neues Mobiliar, was in Indien nicht teuer war, und flogen via Delhi und Bombay nach Hause, ohne uns diese Städte auch noch anzuschauen.

Zu Hause analysierte das Tropeninstitut mein Blut und fand nebst den Spuren von Amöbenruhr noch Lamblien und einen extrem hohen Wert von Abwehrkräften gegen Paratyphus. Die indischen Ärzte hatten alles gecheckt nur eben genau das nicht. Das Tolle war das Gefühl, dass mein Körper diese Krankheit aus eigener Kraft überwunden hatte.

Teil 4 – Ein neues Leben weg von den Drogen

Das Engadin – Übergang zu einem neuen Leben

Nach meiner Rückkehr konnten wir für einige Wochen in der von uns so genannten *Auffanglager-WG* in Schliern wohnen, für uns in der Welt Rumreisenden war sie unser Zufluchtsort in der Schweiz, wo wir uns wieder an den Alltag hierzulande gewöhnen konnten. Ich ging täglich im nahgelegenen Wald joggen, wo ich schon früher immer laufen ging. Einmal kriegten die Freunde noch Trips und ich nahm meinen letzten, Jasmin ging das erste Mal *auf Reise* und kriegte gleich die volle Krise. Sie war auf einem Horrortrip gelandet und ich musste sie die ganze Nacht intensivst begleiten. Danach entschied ich mich, die Finger definitiv auch von LSD zu lassen.

Kurz darauf trennten sich unsere Wege, da wir uns überhaupt nicht mehr verstanden. Wir hatten uns zwar gern, konnten uns aber gegenseitig nichts mehr geben. Sie organisierte mir von ihrem Vater her eine Wohnung, die er in einigen Monaten umbauen wollte und die gerade leer stand. Ich musste nicht mal was bezahlen dafür. Meine Schwester Doris, die ich nun endlich besser kennenlernte, da sie fünf Jahre jünger war und es früher einfach fast keine Berührungspunkte gab, trennte sich von ihrem Freund und zog zu mir in die Wohnung am Eigerplatz. Als Jüngste war Doris in ihrer eigenen Welt aufgewachsen. Während Susi und ich uns vollkifften, machte sie ihre Ausbildung im Hotel- und Pflegebereich, war oft weg von Bern und hatte ihren eigenen Freundeskreis aufgebaut. Sie litt leider lange unter einem schwachen Selbstvertrauen und wollte immer so sein wie Susi, unsere Schwester, die sie immer mehr zu kopieren versuchte. Doris war sehr sportlich und *fit wie ein Turnschuh*. Wir hatten eine super Zeit zusammen, machten viel Sport, joggten, schwammen und gingen abends zusammen in die Stadt. Ab und zu nahmen wir auch unsere Fahrräder und machten 100 Kilometer lange Touren im Mittelland. Dann fand Doris eine Stelle in einem Hotel, wo sie sofort viele Freunde hatte. Ich suchte immer noch meine Berufung und erinnerte mich an meine Massage-Ausbildung von früher. Schliesslich kaufte ich mir die *Hotel-Revue*, die Zeitung für das Gastgewerbe und fand prompt eine Stelle als Masseur im Engadin. Das war ideal für mich, da es mir schwerfiel, meinen Freunden klarzumachen, dass ich wirklich keine Drogen mehr konsumieren wollte, was sie als Bedrohung, ja teilweise sogar als Verrat empfanden.

Mit Dänu über die Alpen

Bevor ich ins Engadin fuhr, fragte mich mein alter Schulfreund Dänu, den ich in den letzten Jahren immer besser kennengelernt hatte, ob ich mitkommen wolle auf eine Alpenüberquerungs-Tour.

Dänu sah ich während meiner ersten Kifferjahre häufig auf dem Bähnli nach Bern. Während wir lange Haare hatten und verwaschene Jeans trugen, war Dänu sehr gepflegt, trug häufig weisse Kleider. In der Station Tiefenaus stieg dann seine genauso so adrett gestylte Freundin hinzu, mit der er dann jeweils tanzen ging in Bern. Von einem Tag auf den andern änderte Dänu später sein Leben, gab seinen damaligen *cleanen* Lebensstil wie auch sein Ingenieurs-Studium auf und begann auch zu kiffen. In dieser Zeit kamen wir zusammen und pflegten in der Folge eine gute Freundschaft.

Nun fuhren wir zusammen auf die Göscheneralp, ausgerüstet mit je einem 30 Kilogramm schweren Rucksack mit Verpflegung für eine Woche inklusive fünf Kilo Hundefutter, da ich Elba, die Hündin, mitgenommen hatte. In mehreren Tagen wanderten wir dann ins Tessin runter, schliefen mal draussen im Biwak und mal in einer Hütte des Alpenclubs SAC, wo wir einmal gefragt wurden, was wir denn für welche seien, als wir völlig verregnet eintrafen. Als wir dann sagten dass wir Extremwanderer seien, sagten sie: „Das gibt's ja gar nicht", und wandten sich von uns ab! Da wurde mir bewusst, dass es in der Schweiz auch viele *Berg-Bünzlis* gab.

Schon bald kippte ich das ganze Hundefutter in einen Bergbach, um wenigstens den Fischen was Gutes tun zu können, da Elba die Nahrungsaufnahme dieses Trockenfutters konsequent verweigerte. Sie wollte wie wir Bündnerfleisch[65] und Käse essen, was wir zum Glück in rauen Mengen dabei hatten. Ab und zu jagte sie Murmeltiere und Gemsen, da wir sie frei rumlaufen liessen. Ein *No-go* in den Bergen. Für Elba war es aber das reine

Paradies, sie war genauso so happy wie wir beide. Wir fühlten uns einfach nur frei und glücklich in schönster Natur. Ab und zu sassen wir, in Decken gehüllt, nach einem feinen Essen an einem Bergsee bei unserem Biwak oder vor einer Hütte und tauchten in den Sternenhimmel ein. Es war magic. Dänu zündete sich ab und zu einen Joint an, was mich aber überhaupt nicht mehr interessierte.

Sils – mein Kraftort

Danach fuhr ich nach Sils Maria, im Engadin auf 1800 Meter gelegen, im schönsten Hochtal der Schweiz und höchstwahrscheinlich auch einem der schönsten weltweit, und nahm meinen Job auf als Bademeister und Masseur in einem Hotel des Ferienvereins der Schweizer Post. Im *Schweizerhof* arbeiteten viele Fremdarbeiter aus dem nahegelegenen Italien, aus Portugal und dem ehemaligen Jugoslawien. Sie legten das Geld auf die Seite, um sich Häuser in ihren Heimatländern zu bauen und waren abends immer auf ihren Zimmern und unter sich. Die Italiener fuhren sogar meist via Maloja-Pass nach Hause ins Sondrio. Ich war in dieser Zeit viel allein, ging aber nach Feierabend und manchmal tagsüber, je nach Dienstplan, in die freie Natur, las das 1000-seitige Buch Musashi[66] in der paradiesischen Gegend des Fextals und fühlte mich dabei wie ein zufälligerweise im Engadin gelandeter Samurai. Ich machte Yoga im Zimmer und bestieg alle 3000er Berge in der nahen Umgebung, war quasi in einem Dauerhöhentraining. Bald war ich so fit, dass ich die Zeitangaben auf den Wegweisern jeweils glatt halbierte. Als ich ab und zu an freien Tagen mal runter nach Bern fuhr, hatte ich aufgrund meiner Riesenmenge an roten Blutkörperchen Energie à gogo und den Eindruck, dass die Stadtmenschen nur so energielos rumschlichen.

Flankierend bildete ich mich weiter zum Fussreflexzonenmasseur nach Hanne Marquardt und fand, dass ich mit gutem

Beispiel vorangehen müsse. Ab sofort begann ich barfuss zu wandern. Zuerst ein paar hundert Meter auf einer Wiese, dann auf einem Kiesweg. Schliesslich machte ich stundenlange Wanderungen mit den Schuhen im Rucksack, ging barfuss bis auf 2700 Meter hoch. Ich war ein sehr seriöser Masseur und hatte, mit einer Ausnahme, nie Beziehungen mit Kundinnen. Die Ausnahme war die sexuell völlig ausgetrocknete Frau eines Behinderten, der nicht mehr mit ihr schlafen konnte. Sie beiden machten Ferien in unserem Hotel. Nach einer Massage fragte sie mich, ob ich mit ihr wandern käme, was ich dann auch tat. Als wir nach 30 Minuten eine Pause auf einer Bank einlegten, dauerte es keine weiteren zehn Minuten bis wir uns auf einer Wiese direkt neben dem Wanderweg inmitten von blühenden Alpenrosen, Enzianen, Eisenhut und Arnika eins wurden, auch mit der wunderbaren Natur. Einmal besuchte mich noch Jasmin. Das war's aber dann schon für ein paar Monate mit diesen Aktivitäten. Ich lebte fast ein bisschen mönchisch, lernte aber Fredi kennen, einen witzigen Chemiker, der da oben für einen wissenschaftlichen Verlag arbeitete. Zusammen gingen wir ab und zu in die *Prasüra*-Disco, um zu 80er-Jahre-Klängen wie *Rock Me Amadeus* von *Falco*, *Everlasting Love* von *Sandra* und *Do You Really Want to Hurt Me* von *Culture Club* abzutanzen. Als wir das erste Mal da waren, stellte er mir Jutta, die Masseurin vom besten Hotel in Sils vor. Es war Liebe auf den ersten Blick. Aber sie war in dieser Zeit noch mit meinem Vize-Bademeister liiert und es dauerte ein ganzes weiteres Jahr, bis wir endlich zusammenkommen sollten. Anfang Wintersaison ging ich am Abend des ersten Tages in die Hotelbar und traf sie da völlig überraschend an. Sie war gerade daran, sich auf die neue Saison vorzubereiten und suchte Gesellschaft. Wir unterhielten uns den ganzen Abend und beschlossen, gemeinsam Langlauf zu erlernen auf dem gefrorenen Silser See. Wir waren viel zusammen in diesem Winter, auch weil ihr Exfreund, der Vizebademeister, nicht mehr zurückkam ins Engadin. Es blieb aber noch bei unserer platonischen Beziehung, weil ich einfach zu feige war, zu meinen wirklichen Gefühlen ihr gegenüber zu stehen. Anfang der nächsten Sommersaison entschieden Jutta und ich unabhängig voneinander, dass es die letzte Saison sein sollte. Irgendwie konnten wir nun endlich loslassen. Als sie mich mal zu sich einlud in ihr Zimmer, war es dann geschehen um uns und wir hatten eine wunderbare Nacht zusammen. Jutta, die sonst so brav aussah, entpuppte sich als eine experimentierfreudige Liebhaberin und wir hatten viel Spass zusammen. Wir verliebten uns sehr und machten viele gemeinsame Spaziergänge im paradiesischen Fextal. Wir fanden uns auch auf kulturellem und intellektuellem Level. Sie wäre die einzige Frau gewesen, ausser meiner heutigen Frau Mona, die wirklich zu mir gepasst hätte.

Ihr Vater führte eine Autobahnraststätte zwischen Mainz und Köln, und Jutta war in gut bürgerlichen Verhältnissen in Hessen aufgewachsen. Sie war medizinische Masseurin mit einem hohen Anspruch bezüglich Qualität und bildete sich dauernd weiter. Später zur Physiotherapeutin. Nach der letzten Saison im Engadin besuchten wir uns zweimal im Monat. Einmal fuhr sie mit ihrem roten *VW Golf I* zu mir nach Bern und dann ich mit dem Zug via Mainz nach Wiesbaden, wo sie die Bäderabteilung des besten Hotels am Platz leitete.

Eigene Massagepraxis in Bern

Nach dem Engadin fand ich dank meines Freundes Dänu wieder eine günstige Wohnung, nahe des Inselspitals Bern, wo ich ein Zimmer zu einer Massagepraxis umfunktionierte. Jane, Grafikerin und eine Freundin meines Bruders, gestaltete mir Logo, Visitenkarten und einen grossen Aufkleber für das Aussenfenster. So kam ich zu meinem ersten *Corporate Design*. Parallel dazu bildete ich mich weiter und war der erste Kinesiologe, der seine Ausbildung in dieser Schule erfolgreich abgeschlossen hatte. Beim Einführungskurs war Nelly, dabei, eine schwarzhaarige

Frau aus Zürich, die mir glatt den Atem raubte. Bei der ersten Übung sollten wir uns einen Partner suchen. Scheu wie ich immer noch war, suchte ich nach der zweitattraktivsten Frau, als Nelly vor mir stand und mich fragte, ob wir die Übung zusammen machen sollten. Klar sagte ich ja. Abends in der Umkleidekabine hatten wir ein längeres Gespräch, in dem ich ihr sagte, dass ich mich in sie verknallt habe. Sie sagte mir dann, dass sie gerade in der Scheidung von ihrem Mann und mitten in einer neuen Beziehung stünde. Am letzten Kurstag kam sie noch einen Kaffee trinken mit mir. Wir sassen in einem Café und uns vis à vis an einem Bistrotisch und ich bestellte mir einen Tee. Da berührten sich unsere Hände unter dem Tisch. Als ich wieder zu mir kam, war der Tee eiskalt und es waren zwei Stunden vergangen, ohne dass ich mich zurück erinnern konnte, was passiert war. Es war wieder mal total magisch. Sie ging dann nach Hause und ich fuhr mit dem Zug nach Bern zurück, ohne dass etwas Weiteres passierte. Wir telefonierten jeden Tag und es kam mir dabei so vor, als sässe sie jeweils direkt neben mir. In der Zeit fuhr ich über Ostern zu Jutta. Sie kam mich abholen auf dem Bahnhof in Wiesbaden. Als ich sie sah, empfand ich nichts mehr für sie. Mein Herz war völlig bei Nelly. Drei Stunden später sass ich, nach einer ehrlichen Aussprache mit ihr, wieder im Zug zurück nach Bern. Einen Tag später kam Nelly mich besuchen. Wir wanderten zuerst auf den Hausberg Gurten und landeten dann endlich zusammen im Bett. Der Sex war völlig langweilig. Ich sah sie später nochmals in Zürich in ihrer Wohnung, wo sie die Femme Fatale spielte. Diesmal hocherotisch. Danach war sie wie vom Erdboden verschwunden. Sie war aus ihrer Wohnung ausgezogen und hinterliess keine Spur.

Nach Abschluss meiner Ausbildung besuchte ich einen Shiatsu-Lehrgang, da mir die Kinesiologie nicht entsprach. Es war mir viel zu kopflastig. Schon in der Ausbildung ging es häufig um die Arbeit mit positiven Affirmationen, die wir aus den Patienten rausholen sollten und die dann so tönten wie „Ich spüre

mich und gehe meinen Weg" oder „Ich bin ruhig und zentriert".
Die ganze Kinesioloie-Szene war sehr frauendominiert und
meist ging es darum, im Leben irgendwie weiterzukommen.

Meine Massage-Praxis lief nebenher so lala, ich konnte aber nicht
leben davon. Darum suchte ich mir noch Nebenjobs. Zuerst als
Gebietskontrolleur des Stadtanzeigers, wo ich jeden morgen früh
die Boxen abklappern und prüfen musste, ob die Anzeiger wirklich verteilt wurden. Falls nicht, musste ich es selber tun. Das
kackte mich richtig an und Erinnerungen an meine Lehrzeit kamen hoch.

Nach dieser Erfahrung kam ich über einen Exkollegen meines
Bruders zu einem neuen Nebenjob. Ich sollte Norm-Messestände
für die SBB an Ausstellungen in der ganzen Schweiz aufstellen.
Ich holte mir jeweils bei Hertz einen *Ford Transit* und fuhr damit
zum Lager beim Bahnhof Bümpliz Nord, wo ich das Material
einlud, um es dann irgendwo in der Schweiz aufzubauen. Der
Job war gut bezahlt und ich kam etwas zur Stadt raus. Einmal
sollte ich einen Messestand mit einem neuen Standsystem aufstellen und zwar an der Generalversammlung der SBB im Tessin. Danach schoss ich ein, zwei obligate Fotos, um sie meinem
Chef quasi als Beweis und zur Erfolgskontrolle vorzuweisen. Als
er den Stand sah, kriegte er fast eine Herzattacke. Ich hatte das
System falsch rum aufgestellt und es war ein Glück, dass das
Ganze nicht zusammenkrachte. Das wäre was gewesen, waren ja
nebst der kompletten Geschäftsleitung der SBB auch die Regierung des Kantons Tessin sowie sogar der Bundesrat vor Ort ver-
treten. Das TV filmte die ganze Veranstaltung zudem für die
Tagesschau.

Als Taxifahrer unterwegs

Da ich mir beim Aufbauen der Stände ab und zu mal einen Finger einklemmte, war suboptimal für meine Arbeit als Masseur, wo schwielenfreie, zarte Hände gefragt waren. Nach meinem letzten Einsatz im Messebau bog ich kurz vor meinem Wohnort unerlaubterweise links ab und kam prompt in eine Polizeikontrolle. Eine junge Politesse fragte mich nett nach meinen Papieren. Als sie sah, dass bei der Berufsbezeichnung Masseur stand, fragte sie mich, ob ich auch *verspannte Nacken* massieren könne. Ich sagte, dass ich tatsächlich oft Leute mit verspannten Nacken massieren würde. Sie bat mich um eine Visitenkarte und teilte mir mit, dass sie mir leider die Busse nicht ersparen, aber schon etwas für mich tun könne. Sie gab mir schliesslich eine Busse für falsches Parkieren, was damals 20 statt 60 Franken für das unerlaubte Abbiegen bedeutete. Bereits am andern Tag rief sie mich an und bat um einen Termin. Die Massage war so gut, dass ich eine neue Dauerkundin gewonnen hatte. Die Sache lief gut, bis sie mehr wollte als nur massiert werden, was ich mit meinem Gewissen nicht vereinbaren konnte, obwohl mein Körper diesbezüglich grad etwas im Minus war. Ich sollte aber bald gleich eine ganze Gruppe von lebenslustigen Mädchen kennenlernen, von denen ich einige näher kennenlernen sollte.

Da meine Massagepraxis immer noch nicht so gut lief, als dass ich davon hätte leben können, machte ich meinen Taxi-Führerschein und heuerte beim führenden Unternehmen in Bern an. Dänu fuhr schon seit Jahren immer wieder Taxi, um weiterhin ein freies Leben haben zu können. Das Gute dabei war, dass man kurzfristig anfragen konnte, ob Bedarf an Arbeitskräften bestünde, und meist gleich fahren konnte, da es zu der Zeit noch wenig Fahrer gab. Ich fuhr meistens Nachtschichten, da dann die Strassen freier und die Kunden grosszügiger waren. Ich kriegte einfach 42% des Umsatzes und musste schauen, dass ich gut ausgelastet war, ohne allzu viele Leerkilometer zu machen. Oft kriegte ich die Aufträge via Funk zugewiesen. Ich machte wenig schlechte Erfahrungen und lernte viele interessante Menschen kennen. Ich brachte Geschäftsleute, Betrunkene, verliebte Pärchen nach Hause, Reisende von und zum Fluplatz *Belpmoos,* fuhr Freier und Prostituierte rum, und war immer da präsent, wo gerade was los war im Nachtleben. Einmal stieg eine hübsche Frau ein, die mit mir ins Gespräch kam und schliesslich noch tanzen gehen wollte. Ich stellte das Taxi ab und blieb mit ihr zwei Stunden in der Disco. Danach brachte ich sie nach Hause und wir landeten im Bett. Eine nette Erfahrung im Taxidschungel von Bern. Einmal wurde ich gebeten, zusammen mit einem Kollegen einen Betrunkenen in seinem Wagen nach Hause zu fahren. Das lief so, dass wir das eine Taxi beim Startpunkt stehen liessen. Der eine Fahrer brachte den Kunden und der andere das Auto des Kunden nach Hause. Danach brachte der eine Fahrer den andern zurück zu seinem Fahrzeug. Der andere Fahrer war der zu Jähzorn neigende Mann meines Ex-Putzteufelchens von *RR Top.* Als wir im Restaurant erschienen, um den Gast abzuholen, sass eine Gruppe von Betrunkenen im Garten und machte Witze über uns. Sie bestritten, ein Taxi bestellt zu haben. Da der Besteller die Nummer des abzuholenden Wagens hatte angeben müssen, wussten wir, dass wir verarscht wurden. Mein Kollege machte etwas Stunk und wollte sich mit den Wartenden streiten. Ich sah die Sinnlosigkeit dieses Unternehmens ein und mögliche andere Umsatzquellen schwinden und sagte ihm, dass ich keine weitere Zeit verlieren und weiterfahren wolle. Ich zeigte der Gruppe den Stinkefinger und fuhr wieder weg. Für mich war die Sache erledigt, mit Verlusten musste man ja immer rechnen. Ein paar Tage später rief mich die Polizei an und fragte mich, wer der andere Fahrer gewesen sei. Ich log, dass ich ihn zum ersten Mal gesehen habe und ihn nicht kennen würde und fragte noch nach, warum sie das wissen wollten. Die Antwort war, dass der Wagen des Betrunkenen über Nacht bei besagtem Restaurant stehen gelassen wurde. Als der Fahrer den Wagen am andern

Tag holen wollte, waren alle vier Reifen aufgeschlitzt, die Frontscheibe mit einem Stein eingeschlagen und die Rückspiegel abgebrochen. Das Restaurant lag übrigens an der Strecke vom Taxiunternehmen zum Wohnsitz des Kollegen auf dem Land, etwas westlich von Bern.

Tropical Fun mit neuen Freunden

Es war die Zeit der Liberalisierung des Radiomarktes. In Bern gab es nebst den staatlichen Sendern neu nun Radio *Extra Bern* und Radio *Förderband*. Res Hassenstein, der Gründer und Moderator von *Förderband* initiierte mit dem *Tropical Fun* im weitherum bekannten Lokal *Bierhübeli* ein neues Format in der Berner Partyszene, das einschlug wie eine Bombe. Ab sofort konnte man jeden Freitag im *Bierhübeli* wild abtanzen zu Reggae, Merengue, Calipso und andern Klängen aus der Afro-Latino-Welt. *Miriam Makebes Pata Pata* war einer der Ohrwürmer aus dieser Zeit. Im *Bierhübeli* lernte ich die früher schon erwähnten Mädels kennen, mit denen ich nun viel unterwegs war.

Der Kissenfabrikant aus Lützeflüh und die höheren Stimmen

Da wir Kinesiologen mit Muskeltests arbeiteten und damit die Wirkung von positiven und negativen Energien auf den Körper erfahrbar machen konnten, kam ich in Kontakt mit Kaspar, einem etwa sechzigjährigen Kissenfabrikanten aus dem Emmental. Er hatte seit einigen Monaten Eingebungen von einer immer wiederkehrenden Stimme aus dem Jenseits, die ihm den Auftrag gab, Energie erfahrbar zu machen. Er plante eine Ausstellungsserie zum Thema *Lebensenergie* und organsierte im Vorfeld regionale Erfahrungsgruppen. Ich leitete schon bald die Gruppe Bern. Dabei lernte ich die verschiedensten Leute kennen, Heiler, Menschen wie Franz, Busfahrer und Magnetfeldtherapeut, die Geistheilerin Angela, den Orgontherapeuten Josef oder Ruth, die

Astrologin. Ein bunter Querschnitt des in dieser Zeit in Mode gekommenen esoterischen Angebots. Mit Ruth verstand ich mich gut. Wir fanden heraus, dass wir beide Schützen im Tierkreiszeichen waren und hatten noch viele weitere Gemeinsamkeiten. Ruth war eine revolutionär arbeitende Hebamme und eckte darum an allen Arbeitsstätten immer wieder an. Via Chiffreinserat hatte sie dann einen erfolgreichen Jungunternehmer aus dem Emmental kennengelernt und in der Zwischenzeit geheiratet und war nun finanziell *aus dem Schneider* und beruflich nicht mehr abhängig von irgendwelchen Institutionen. Sie hatte nun viel Zeit und beschäftigte sich intensiv mit allen möglichen Therapieformen. Ruth erzählte mir von einem Selbstserfahrungskurs nach Methoden des bekannten Gurus *Bhagwan*[67], den sie in Kürze machen würde und der mir auch sehr gut täte. Als ich ihr sagte, dass ich keine Kohle mehr hätte, sagte sie, dass sie mir den Kurs bezahlte, weil sie jetzt ja genug davon hätte und genau wüsste, dass ich das bräuchte. Also fuhren wir schliesslich zusammen ins Toggenburg zu einem Einführungskurs. Ruth war wirklich grosszügig und wollte das Geld zu keiner Zeit zurückhaben und liess mich nie spüren, dass ich ihr da noch etwas schuldig wäre.

Ruthli, mein Tor zur Selbsterfahrung

Der Kurs fand in einem Kurshaus im Toggenburg statt, ausgestattet mit Gruppenräumen, sowie ein paar Mehrbett- und Einzelzimmern und einer Küche, die von einer von der Kursorganisation organisierten Köchin gemanagt wurde. Die beiden Leiter waren Jünger Bhagwans und nannten sich Jasna und Ananda. Sie trugen meist lockere Overalls aus reiner Seide, in denen sie förmlich durch die Räume schwebten.

Es hatten sich etwa zwanzig nach Sinn- und Potenzialentfaltung suchende Leute eingefunden, die auftauchende Probleme aktiv überwinden und weiterkommen wollten im Leben. Der Kurs begann mit ein paar Energieübungen, sogenannte *Kundalini-* respektive *Dynamischen Meditationen,* welche die Energien mächtig ankurbelten. Diese Mediationen hatten verschiedene Phasen, von wild bist total ruhig. Am Schluss lag man meistens erschöpft am Boden. Während der Sessions und auch danach kamen sich die Leute näher, knutschten rum, massierten sich oder lagen einfach irgendwo im Raum rum und suhlten sich in süssem Nichtstun. In einer Pause gingen Ruth und ich spazieren und glaubten nun zu wissen, warum wir da waren, warum uns das Universum dahin geschickt hatte: um eine Kontrollfunktion auszuüben, da die Leute hier manipuliert wurden und immer wieder in deren runtergefallenen, tiefschwingenden Energien rumlagen, was wir als ungesund beurteilten. Wir fühlten uns quasi als Retter dieser armen, manipulierten Wesen.

Scheinbar traten wir zwei etwas sehr altklug auf. Am andern Tag gab's eine Integrationsrunde, wo alle verbal über Ruth und mich herfielen. Es herrschte eine sehr direkte, schonungslose Art, die von den Leitern noch gepusht wurde. Am Schluss der Runde fühlte ich mich völlig verwirrt und hatte keine Ahnung mehr, warum ich überhaupt hierher gekommen war und was ich überhaupt wollte in und mit meinem Leben. Am Abend musste jeder in einer Minute auf der Bühne zeigen wer er oder sie war und was er oder sie wollte. Als ich dran kam, war ich einfach nur leer. So ging ich auf die Bühne, zog mich splitternackt aus und sagte: „Bitte helft mir, ich weiss nicht mehr weiter." Jasna holte mich von der Bühne und gruppierte alle Frauen um mich, die mich herzten und liebkosten.

Nach der Session stand plötzlich Maya, die Köchin, neben mir und führte mich in ihr Zimmer. Wir zogen uns aus. Maya stand am offenen Fenster und schaute in die Nacht hinaus, während ich hinter ihr war. Es war für mich der erste, extrem wohltuende Sex seit über einem halben Jahr und die Aussicht auf den nächtlichen Sternenhimmel einfach göttlich.

Am letzten Kurstag mussten wir uns nach einer Methode der Bioenergetik vor den wie ein Buddha still dasitzenden Ananda hinstellen und tief und heftig ein- und ausatmen, bis wir in einen Trance-artigen Zustand kamen. Als ich dran war, erschien mir das Licht immer heller und ich geriet in die gewünschte Trance rein. Plötzlich sah Jasna aus wie eine weise alte Indianerin und Ananda wie der Kobold, den ich mal auf meinem LSD-Trip oben auf der Mauer sitzend gesehen hatte. Er war der Tellermann und die Kursteilnehmer die Verrückten, die dahinter standen und wilde Orgien feierten. Ich geriet völlig in Rage und schrie ihn an: „Da bist du ja du Tellermann!", und spuckte ihn an. Mein Speichel hing ihm von der Nase runter. Ananda blieb aber völlig cool und sagte nur: „Geht es dir nun besser?"

Nach dem Kurs entschied ich mich, beim völlig neuen Kursprojekt *Ganzwerden* einzusteigen. Bei der ersten Gruppe, dem sogenannten *G1*. Mit sechs je eine Woche dauernde Gruppen innert zweier Jahren in einer fixen Gruppe von 25 Leuten. Das Geld wollte ich mir auf irgendeine Art beschaffen, ganz nach dem Motto: *Wo ein Wille ist, ist auch ein Weg.*

Wer bin ich und wo will ich hin – Bhagwans Methoden lassen grüssen

Schon wenige Wochen später fand der erste Kurs statt. Im wunderschön gelegenen Centro d'Ompio am *Lago d'Orta* nahe *Domodossola* in Nordostitalien. Die Gruppe war geschlechtermässig ausgeglichen und sehr heterogen in Bezug auf die Teilnehmer. Von Arbeitslosen über Krankenschwestern, Lehrer, Therapeuten bis hin zu Hausfrauen und Geschäftsführern war ein breites Spektrum von Leuten am Start. Meine *Patin* Ruth war auch dabei. Thema des Kurses war die Auflösung von Körperblockaden mittels verschiedener Methoden der Körperarbeit. Wir Kursteilnehmer waren zu fast allem bereit, um unser schlummerndes Potenzial endlich wecken und leben zu können. Das war die spannende Ausgangslage.

Wir starteten jeden Morgen mit der bereits von früher her bekannten *dynamischen Meditation* mit ihren fünf Phasen. Der Abend wurde dann mit einer sogenannten *Kundalini*-Mediation abgeschlossen. In sogenannten Integrationsrunden wurden die Erfahrungen und Prozesse regelmässig ausgetauscht und Fragen beantwortet. Es gab eigentlich keine Regeln, ausser dass keine Drogen mitgebracht werden durften, dass man geistig offiziell gesund sein musste und dass jeder das Recht hatte, stopp zu sagen, und dass dieses Stopp auch respektiert werden musste. Die Übungen brachten einen unglaublichen Energieschub, der die nun folgenden Prozesse dynamisieren sollte.

Die ersten Tage verliefen aus meiner Sicht eher langweilig. Es gab Paare dabei, bei denen Konflikte hochkamen, die mir eigentlich am Arsch vorbei gingen, da es für mich in dieser Zeit kein

Thema war. Paare bildeten und trennten sich, Einzelne hatten emotionale Ausbrüche und andere stritten sich heftig, während ich immer gelangweilter rumhing und mich von Tag zu Tag stärker fragte, warum ich mich überhaupt auf diesen *Scheiss* eingelassen hatte. Ich sagte mir, dass ich alles geben wollte, da ich ja bezahlt hatte. Ich wollte einen Payback! In einer der folgenden Übungen wurde es immer intensiver und die Szene chaotischer. Die täglichen Energiemeditationen begannen ihre Wirkung zu zeigen! Wir lagen am Boden rum. Eine Frau lag auf dem Rücken und rieb sich intensiv zwischen den Beinen und schrie ihren Orgasmus in den Raum raus. Andere weinten, dritte lagen ineinander verkeilt während andere kämpfend rumrollten. Plötzlich rastete ich aus. Ich stand auf und hatte das Gefühl, diesen *Sauhaufen* endlich zur Räson zu bringen. „Was seid ihr eigentlich für ein Haufen von Psychos, Huhuu, Hähää, Stöhn-Stöhn. Sei ihr eigentlich noch bei Trost? In welcher Anhäufung von Vollidioten bin ich denn hier gelandet?!", schrie ich aus Leibeskräften. Plötzlich stand Jasna neben mir, nahm mich bei der Hand und begann, mit mir zu tanzen. Ich fand es irrwitzig, über die Leute hinweg zu tanzen, lachte und gab dauernd irgendwelche Weisheiten von mir. Plötzlich begannen wir uns zu drehen, wir drehten und drehten uns, bis sich alles um mich rum zu drehen begann, bis es schwarz wurde. Ohnmächtig fiel ich hin. Jasna legte mich sanft auf den Boden und gruppierte alle Frauen der Gruppe um mich rum, quasi wie eine gigantische Gebärmutter. Als ich wieder die Augen öffnete, fühlte ich mich wie neugeboren, fühlte jedes Stäubchen, das auf mich fiel, wie einen Nadelstich. Ich war wie neugeboren. Von dem Moment an war ich angekommen in der Gruppe und wurde plötzlich wieder sozial kompatibel.

Zuhause hatte ich das Gefühl, dass alles am Zusammenbrechen war, wusste aber nicht, wie und wo es weitergehen sollte. Meine Massage- und Therapietermine wurden immer weniger und ich fuhr oft Taxi, auch um mir das Geld für den nächsten Kurs zu beschaffen, den ich nun erwartungsvoll herbeisehnte. Ich wollte nun wirklich alles geben, um endlich weiterzukommen!

Rebirthing

Ein paar Monate später traf sich unsere Gruppe wieder. In einer Eingangsrunde erzählte jeder, was sich bei ihm oder ihr so verändert hatte in letzter Zeit. Dann starteten wir mit *Rebirthing*, einer radikalen Form des holotropen Atems. Die Übungen wurden jeweils zu zweit ausgeführt. Einer war im Prozess drin, während der andere dabei beobachtete und Unterstützung bot. Die Frau, die schon im ersten Kurs abging wie ein Zäpfli[68], schien einen Dauerorgasmus zu haben und schrie und stöhnte die ganze Zeit praktisch ohne Unterlass, während sich bei mir nicht so viel regte. Ich atmete zwar wie ein Walross, aber es passierte nicht viel. Im Laufe der Sessions kamen auch Erfahrungen aus andern Leben hoch. Gegen Ende des Kurses gingen wir im Rahmen einer geführten Rückführung auf das für uns im Moment relevanteste vergangene Leben zurück. Ich sah und spürte zuerst wieder mal gar nichts, während bei anderen die wildesten Geschichten hoch kamen. Wahrscheinlich hatten die langen Drogenjahre bei mir viele Wahrnehmungskanäle verstopft. Aber ich versuchte wieder mit aller Kraft, doch noch zu einer Erfahrung zu kommen und landete schliesslich mitten in einer wild ausufernden Orgie in den frühen Zwanzigerjahren in Paris. Baba, eine vollbusige Opernsängerin, brachte den Penis ihres geliebten mit einem Geigenbogen zum Explodieren und Toulouse Lautrec persönlich malte die ganze Szene.

In der Schlussrunde sass plötzlich Gabriella, eine kleine aufgeweckte St. Gallerin mit kurzen braunen Haaren, neben mir und zeigte mir, dass ich ihr sympathisch war. Ich mochte sie auf Anhieb und fuhr mit ihr nach dem Kurs sogar zurück, verlor sie dann aber leider wieder aus den Augen. Mein Alltag nach diesem Kurs war dann wieder wie mein Leben davor, ein bisschen massieren, viel Taxi fahren und viel Alleinsein.

Mit dem Schnuller am Beach

Für den nächsten Kurs fand ich eine Mitfahrgelegenheit bei einem der Paare in unserer Gruppe, Shanti und Beat. Shanti war die Frau, die immer rumstöhnte, aber ausserhalb des Kurses eine fast bieder wirkende Krankenschwester und Mutter einer süssen Tochter war, Beat ein zurückhaltender, netter und unscheinbar wirkender Durchschnittsbürger. Die beiden wohnten in der Biederkeit einer durchschnittlichen Doppel-Einfamilienhaus-Gegend in der Agglomeration von Solothurn. Ihr Auto war ein extrem schmaler und trotzdem recht geräumiger Japaner. So eine *Mini-Grossraum-Limousine*. Während der Fahrt hatte ich oft Angst, dass er umkippen könnte.

Ananda und Jasna hatten grad zu Beginn ihren grossen Auftritt, als sie in einem mauve-farbenen und er im vollweissen, dezent bemusterten Seiden-Luxus-Therapeuteneinteiler auftraten. Sie waren richtige *Opinion-Leader* und viele Kursteilnehmer strömten nach den Kursen in die Geschäfte, um sich auch entsprechend einzukleiden. Die bevorzugten Anbieter in Bern hatten goldene Tage, da diese Seidenkleider nicht gerade günstig waren. Am Anfang des Kurses hatte ich einen harten Moment zu überstehen, als ich sah, dass ein Kursassistent sich schon ganz zu Beginn an Gabriella heranmachte, bei der ich mir seit dem letzten Kurs gewisse Hoffnungen machte. Absolventen früherer Kurse konnten als Assistenten an Kursen mitarbeiten. Als Lohn lag schon ab und zu eine tolle Erfahrung mit einer der sehr offenen Kursteilnehmerinnen drin. Das liess sich mit meinem damaligen, verantwortungsvollen Therapeuten-Verständnis schlecht vereinbaren, sollte sich aber später aus nicht ganz uneigennützigen Gründen noch etwas ändern.

Im Kurs wurden wir in unsere Baby-Zeit zurückgeführt, liefen meist in mitgebrachten Pyjamas und Schnullern rum und benahmen uns wie Kleinstkinder. Einmal gingen wir nachmittags an den Strand bei *Marina di Grossetto*, alle mit Schnuller im Mund, planschten im Meer und massierten uns gegenseitig mit Joghurt ein. Da sorgten wir für Furore bei den doch eher mehr traditionell eingestellten Italienern.

In einem weiteren Kursteil schlugen wir den Hass auf unsere Eltern stundenlang auf Kissen, die dafür als Surrogate dienten, bis wir uns windelweich fühlten. Danach fühlte ich mich etwas erleichtert und konnte nach dem Kurs auch meine Beziehung zur Mutter etwas verbessern. Ich sah sie in dieser Zeit aber sehr selten.

Zurück in die normale Arbeitswelt

Wieder zuhause, entschied ich mich, meine Karriere als Masseur und Therapeut an den Nagel zu hängen. Viele Kunden und vor allem Kundinnen wollten nur noch über ihre Probleme reden und ich hatte plötzlich null Bock mehr, mir diese Geschichten anzuhören. Ich wollte endlich meine eigenen Knoten lösen. Auf Anraten des Kursleiters Ananda suchte ich mit dann wieder einen festen Job. Ich fand ihn als Verkaufsberater für Licht und Lampen bei einer bekannten Haushaltgerätekette. Da ich gelegentlich Kunden besuchen sollte, brauche ich einen Wagen und kaufte mir einen Toyota *Tercel* auf Abzahlung, weil ich wenig Kohle hatte. Das meiste ging für die Kurse drauf. Es war ein sehr zuverlässiger Kleinwagen, der immerhin eine Spitzengeschwindigkeit von 170 km/h erreichte.

Der Job war stinklangweilig. Mein direkter Vorgesetzter war der Typ Discogänger, das frühere Feindbild von uns *Freaks*. Er kleidete sich gerne gut, vorzugsweise weiss und ging mit adäquat gewandeter Freundin und Freunden sehr gerne gut essen und besuchte Discos mit Live-Musik. Er war sehr Geld- und Luxusorientiert und hörte gerne Schlager, österreichische Tanzmusik à la *Die bumsfidelen Mölltaler* und so Zeugs. Aber er war nett und gab sich extrem grosse Mühe, mich zu einem guten Verkäufer zu formen. Ich hatte einen bescheidenen Fixlohn und konnte mir zusätzliches Geld verdienen, wenn ich die Lampen nach Möglichkeit zum Listenpreis verkaufen konnte. Es gab zu diesem Zweck eine perfekt ausgerechnete, abgestufte Preis- und Prämienliste, die als Grundlage für die Errechnung der Boni diente. Das Dumme daran war, dass das Unternehmen vielen Kunden Rabattkarten abgab, deren Besitzer dann gleich von Anfang an auf den 20%-Rabatt bestanden, was für mich hiess *null Prämie – null Motivation!*

Die Lichtabteilung war damals neu und es gab noch nicht allzu viele Kunden. Dabei stand die Idee des sogenannten *Cross-Sellings* im Vordergrund, das heisst dass Kunden die Haushaltmaschinen kauften, auch gleich noch ihr Nachttischlämpchen erwerben würden. Im Gegensatz zu den Verkäufern im Haushaltbereich hatte ich nicht allzu viel zu tun. Ich sass häufig rum und begann meine Ideen und Beobachtungen aufzuschreiben.

Eine Woche vor dem nächsten G-Kurs rief mich urplötzlich und völlig überraschend Gabriella an. Sie fragte mich, ob ich nicht Lust hätte, mit ihr zusammen gemeinsam zum nächsten Kurs, der wiederum in der Toscana stattfand, zu fahren. Freudig sagte ich zu.

Sorry kein Impuls – Die Körpertypen nach Reich

Dieser Kurs sollte sich zu einem der zentralen entwickeln für mich. Endlich sollte was passieren. Es ging darum, rauszufinden, welcher Körpertyp man war. Jeder der ersten fünf Tage stand im Zeichen eines der ebenso vielen Typen, die wir aufgrund der zur Verfügung stehenden Möglichkeiten in einer der frühesten Lebensphasen quasi als Überlebensstrategien gewählt hatten, um das zu kriegen, was wir zu brauchen glaubten. Am ersten Tag ging's um den *Schizo*, Vertreter einer schizoiden Charakterstruktur. Ein Typ, der schon früh allein gelassen wurde oder eventuell gar nicht erwünscht war. Diese Typen bauen sich dann mit grosser Phantasie ihre eigene Welt zusammen, die nicht zwingend viel mit der *normalen* zu tun haben muss. Ein typischer Vertreter ist beispielweise Woody Allen. Nach Erklärungen zum Typen tanzten wir zu entsprechender Musik und machten wilde Spiele. Am Schluss konnten diejenigen, die das Gefühl hatten, diesem Typus zu entsprechen, auf die Bühne treten. Nur in Unterwäsche bekleidet. Ich gesellte mich zu den bereits vier Wartenden auf der Bühne. Danach warfen uns die Zuschauer irgendwelche spontan aufkommenden Begriffe an den Kopf, wie *schräg, abwesend, Träumer, nicht da*. Dabei wurde ich immer schräger während andere von der Bühne weggingen. Am Schluss waren wir noch zu dritt.

An den folgenden Tagen beschäftigten wir uns dann mit den andern Typen, dem *Oralen* und dem *kompensiert Oralen*, dem *Psycho*, in den beiden Versionen *dominant* oder *manipulativ*, dann dem *Maso*, der immer aufs Dach kriegte, sich dann schützte, indem er die Zone um seinen Hals rum mit Fett schützend zu-mauerte und den Po einzog, sich strategisch dumm stellte und alles aussitzen konnte mit dem Beispiel der Bundekanzler Kohl und Merkel, sowie, als Krönung, dem wohlgewachsenen Typ des *Rigiden* in der meist von Männern besetzten Rolle des *Phalli-kers*, sowie der meist weiblich besetzten *Hysterikerin*. Mehr Infos plus integrierten Test zu den Körpertypen gibt's im übersichtli-chen Buch *vom Trauma zum Traumtypen* von *Roland Bäurle*.

Ich identifizierte mich völlig mit dem *Schizo* und fühlte mich sowas von nicht dazu gehörend, dass ich oft im nahegelegenen Wald rumwandelte oder mit meinem Auto einfach ziellos in der Toscana rumkurvte.

Im zweiten Teil des Kurses ging es um die sogenannte *Pulsation*. Die Gruppe bildete einen grossen Kreis, in welchem sich zwei Personen gegenüberstanden, sich zuerst zentrierten und dann über die Zeigefinger in Kontakt traten und jedem Impuls folg-ten. Meist endete es entweder in einem Kampf oder in einem Akt der Liebe, der auch da ohne Grenzen war. Ich war zwei Ta-ge lang nur Zuschauer und hielt das, was passierte, oft fast nicht aus. Gegen Schluss nahm ich meinen ganzen Mut zusammen und bat Gabriella mit mir zu pulsieren. Mir wurde etwas schwindlig und ich war gespannt wie ein Bogen auf das, was nun geschehen sollte. Die Leute gruppierten sich um uns, wir gingen in uns rein, nahmen Kontakt auf, unsere Finger berühr-ten sich … und … nichts tat sich. Jasna sagte: „Folgt eurem Im-puls", und wieder tat sich nichts. So standen wir ungefähr fünf Minuten da, Augen geschlossen. Plötzlich öffnete ich sie und sagte „Sorry – kein Impuls!"

Danach war ich einfach nur leer und so verstört, dass ich mich völlig abkapselte und für den Rest des Kurses nur noch rumsass und null Bock auf gar nichts hatte. Einmal ging ich nach der Abendsession auf mein Zimmer hoch und erfuhr am andern Tag, dass am Abend zuerst noch massiert und etwas getrunken wurde, bis am Schluss eine richtige Massenorgie losging. Die rammelnde Horde sei nicht zu bremsen gewesen und brachte sogar eine Zwischenwand zum Einstürzen. Ich war wirklich ein *Schizo*. Als das bisher Spannendste passierte war ich nicht mal anwesend!

Die Bar auf der Pfarrhauswiese im Emmental

Nach diesen Erfahrungen kam ich ziemlich geläutert nach Hause. Wenigstens wusste ich, dass den *Schizos* ein grosses künstlerisches Potenzial offenstand und dass viele grosse Tantriker auch *Schizos* waren. Das gab mir neuen Mut. Jetzt begann ich meine Kreativität zu suchen. Einmal sah ich in der Stadt einen Strassenkünstler, der minutenlang wie eine Statue rumstand und sich nur bewegte, wenn jemand Geld in den vor ihm liegenden Hut legte. Ich war fasziniert. Da sah ich auf der andern Seite einen Typen, der genauso gespannt rumstand wie ich. Als die Show fertig war und der Akteur mit Hut und Geld davonging, kamen wir zwei ins Gespräch. Er hiess Thomas und war gerade in einer Ausbildung zum Werklehrer. Wir tauschten uns aus und trafen uns fortan regelmässig. Mal erzählte er mir, dass er eine Kollegin besuchen wollte, eine frühere Mittelstürmerin der Schweizer Damenfussball-Nationalmannschaft, die in Paris gerade eine Schauspielausbildung machte. Also fuhren wir in die Stadt an der Seine, wo wir ein paar lustige Tage hatten. Die Fussballerin weckte mein grosses Interesse an der Schauspielerei und ich schrieb mir den Namen der Schule dick hinter die Ohren. Zurück in der Schweiz erzählte mir Thomas, dass er die aus massiven Metallgestellen zusammengebaute offizielle Kunst-Bar von der Kunstmesse *Art Basel* organisiert hätte, die er nun als Bar bei der Freilicht-Theater-Inszenierung der *Schwarzen Spinne* von *Jeremias Gotthelf* am Originalschauplatz im Emmental aufbauen wollte. Ob ich mitmachen würde bei diesem Projekt. Ich war begeistert und schon bald bauten wir die Bar auf der Pfarrhauswiese in Trachselwald im Emmental auf. Ich beendete in dieser Zeit die Arbeit bei Fust jeweils schon um halb Sechs, fuhr dann zum Beck *Glatz*, um Meterbrot zu kaufen, besorgte noch Butter, Käse, Gurken und Gruyère in der Migros gleich nebenan und fuhr ins Emmental, wo Thomas und sein Kollege Tom schon dran waren, die Bar in Betrieb zu nehmen, und schmierte mit Hochdruck Sandwiches. Bald trudelten schon die ersten Gäste ein, tranken Cüplis[69], assen Sandwiches und kamen dann in der Pause sowie nach dem Theater wieder bei uns vorbei, wo wir dann auch richtige Drinks mixten. Thomas und ich hatten dafür extra einen Drei-Tages-Kurs an der damals führenden Schweizer *Barfachschule Kaltenbach* in Zürich absolviert.

Die Veranstaltung war ein Riesenerfolg und die Bar lief entsprechend gut. Die beiden Töchter des Pfarrers waren in der Zwischenzeit auch bei uns hinter der Bar gelandet und halfen uns dabei, die Gäste kräftig abzufüllen, damit die Kasse stimmte. Die eine Tochter hatte dann ein Techtelmechtel mit einem Kollegen und die jüngere lud ich mal ein zu einer Fahrt ins Grüne, bei der ich feststellte, dass sie noch Jungfrau war. Ich stoppte sofort, wissend, dass es für mich eh *nur just for fun* gewesen wäre und ich keine Scherereien und moralische Verpflichtungen haben wollte.

Thomas und ich fuhren danach jeweils spät nachts noch nach Hause. Morgens um eins rannte uns mal ein Reh in meinen soeben gekauften, geräumigen *Citroën CX Kombi* und war auf der Stelle tot.

In der Zeit dache ich noch, dass man ein Tier töten und schlachten können müsse, um das Recht zu haben, Fleisch zu konsumieren. Das war nun die ideale Gelegenheit dafür. Also holte ich ein weisses Laken, das hinten im Wagen lag und wickelte das Reh ein. Da wir keine andere Chance hatten, fuhren wir zu Thomas, der damals gleich an der Aare bei Bern wohnte, suchten geeignete Instrumente, fanden aber nur ein Brotmesser, einen Schnitzer[70] und eine Schere und gingen zu einem weissen Fels der in die Aare ragte. Bei Vollmond schlachteten wir das Tier. Ich erinnere mich noch, wie ich minutenlang mit dem Brotmesser versuchte, die Halswirbelsäule durchzusägen, bis es mir gelang und ich den Kopf am Geweih in der Hand hielt und in die Aare warf. Es war Sommer, wo in der Aare schwimmen ein beliebter Sport der Berner ist, und ich stellte mir die Szene vor, wie ein Schwimmer am andern Tag wohl plötzlich auf was Hartes stiess und dann den Rehkopf finden würde. Am Schluss füllten wir das ganze Fleisch in der Badewanne von Thomas in Säcke ab. Die Szene war abstrus und erinnerte mich an den Film *La Grande Bouffe* mit Romy Schneider und Michel Piccoli.

Das abrupte Ende beim Lampenhändler

Ab und zu war der Chef und Firmengründer *himself* im Haus. Da der Job mich anödete, begann ich Eintragungen in eine Art Tagebuch zu machen. Ich schrieb: „Mir ist wieder mal so völlig langweilig. Die Lampen interessieren mich einen Scheiss und ich mach's ja nur der Kohle wegen. Jetzt kommt der Big Boss die Treppe rauf. Er ist ein Magier." Der Firmengründer, ein Diplomingenieur, war ein Workaholic, der vor vielen Jahren zusammen mit einem Freund, der immer noch sein Vize war, begonnen hatte, eine Art *Outlet* gründete und Maschinen mit Lackschäden oder kleinen Kratzern günstig verkaufte. Die Geschäftsidee entwickelte sich zu einem grossen Erfolg und er eröffnete ein Geschäft nach dem andern. Als Workaholic schlief er ab und zu sogar in seinem Büro auf seinem zusammenklappbaren Feldbett, wenn er wieder mal bis tief in die Nacht gearbeitet hatte. Er hatte eine sehr attraktive Sekretärin, von der es hiess, dass ihre Wohnung vom Chef bezahlt würde. Warum, schien allen klar zu sein. Auch das schrieb ich in mein Buch. Als ich einmal krank war, suchte mein Vorgesetzter eine von mir ausgestellte Bestellung eines wichtigen Kunden. Darum durchsuchte er meine

Schublade. Dabei entdeckte er meine Aufzeichnungen, in denen auch eine minutiös gehaltene Analyse meines Chefs selber drin war. Als ich zurückkam, hatte ich eine fristlose Kündigung auf dem Tisch. Die Kollegen sahen in mir einen Verräter der auf Erfolg getrimmten Firmenkultur und straften mich mit bösen Blicken, als ich zum Haus raus ging. Draussen gab ich einen Freudenschrei von mir. Ich fühlte mich wie von einer ungeheuren Last befreit!

Der Züchter der fleischfressenden Pflanzen

Durch meinen Langzeitfreund Nufi lernte ich Lorenz kennen. Einen Basler, der am Wohlensee bei Bern ein Gewächshaus gemietet hatte und dort fleischfressende Pflanzen züchtete. Er handelte damit und hatte Kunden in aller Welt. Ab und zu versandte er sogar Pflanzen nach Japan. Er wohnte mit seiner Freundin Dorothee zusammen, die einen festen Job hatte in einer bekannten Berner Buchhandlung und so ein fixes Einkommen einbrachte, während er sich um seine Pflanzen kümmerte. Er pflanzte auch Kürbisse, viele Jahre bevor der Halloween-Trend und damit auch eine Kürbiswelle aus den USA nach Europa überschwappte. Ich genoss ab und zu bei den beiden hervorragende Kürbisgratins oder *Pumpkin Pies*.

Lorenz und Dorothee fuhren alle zwei Jahre nach Venezuela, wo sie sogenannte *Tepuis* bestiegen, aus einer Ebene steil aufsteigende Tafelberge, von denen jeder eine ganz eigene Vegetation aufwies, da sie in keiner gegenseitigen Verbindung standen und weit über 1000 Meter aus der Gegend herausragten. Zum Trainieren bestiegen die beiden den ebenso steil aufragenden Niesen im Berner Oberland mindestens einmal pro Woche. Sie mussten die Pflanzen dann jeweils unter grosser Gefahr aus Venezuela herausschmuggeln, da schon damals hohe Bussen auf Vergehen dieser Art ausgestellt wurden.

Einmal verliebte sich Lorenz mit Haut und Haar in meine Ex-freundin Jasmin, die seine Liebe aber nicht erwiderte. Er hatte seine Freundin eingeweiht, die versuchte, gute Miene zum, für sie nicht angenehmen, Spiel zu machen, und Lorenz sass in einer richtigen Bredouille drin.

Ende Oktober klingelte mein Telefon am späten Abend. Nufi war am andern Ende der Leitung und meinte, dass Lorenz' Freundin ihn grad angerufen habe. Sie mache sich grosse Sorgen, dass Lorenz sich was angetan haben könnte. Zuhause lag ein sehr spezieller Brief rum, in welchem Lorenz angekündigt hätte, auf einen Pflanzen-Trip zu gehen und sich was anzutun, da er mit der unerwiderten Liebe von Jasmin nicht umgehen könnte und sein Leben so keinen Sinn mehr machte. Er hätte auch gesagt, wo er das machen würde. Also fuhren wir drei zur Sensebrücke, von wo wir zu Fuss runterstiegen. Es war eine wilde Gegend, zwischen Bern und Schwarzenburg, wo das Schwarzwasser und die Sense zusammenflossen, eine Gegend mit einem breiten Flussbett, wo die Bäche, je nach Saison und Wasserstand, auch zu Flüssen anschwellen konnten. Zu dieser Jahreszeit waren es aber eher Rinnsale, die sich ihren Weg suchten. Diese Gegend war bei vielen Bernern und Freiburgern sehr beliebt, um die Wochenenden mit Grillieren, Rumhängen, Rum-kiffen und *Rumblütteln*[71] zu verbringen, um sich frei zu fühlen und nahtlos braun werden zu können. Es war Mitternacht und stockdunkel, als wir kleine Wäldchen am Rande des Flussbetts durchsuchten. Wir riefen immer wieder Lorenz' Namen in die Nacht, ohne eine Reaktion zu erhalten. Nach zwei Stunden wurde ich langsam ungehalten. Ich war müde und hätte schlafen sollen, um am andern Tag wieder fit auf der Arbeit sein zu können. Plötzlich schrie ich aus Leibeskräften: „Lorenz du Arsch, komm jetzt endlich raus!" Darauf hören wir ein Knacken und ein paar komische Töne wie die eines seltsamen Tiers. Es knackte nochmals und Lorenz stand vor uns, wie ein extrem schnell gewachsener Pilz. Völlig nackt, mit einem völlig zerstören Blick, der nicht aus dieser Welt schien. Wie wir vermuteten, hatte er sich einen Hexensalbentrip bestehend aus Bilsenkraut, Belladonna sowie anderen Ingredienzen zubereitet und reingezogen. Dazu hatte er noch in Milch eingelegte und enthäutete Fliegenpilze gegessen. Lorenz war über 80 Kilo schwer und fühlte sich eiskalt an. Wir zogen ihm einen mitgebrachten Pullover über und schleppten ihn zu dritt über einen Naturweg der Sense entlang. Am Schluss mussten wir noch eine Hängebrücke überqueren. Da Lorenz völlig steif war, schien er uns noch schwerer als normal, und es war ein Abenteuer, ihn heil über die Brücke zu hieven. Er drohte uns immer wieder runterzufallen, so stark schaukelte es. Schliesslich erreichten wir das andere Ufer, wo der Blechwagen eines Zeitungsausträgers des Stadt- und Landanzeigers Bern an einen Haken angekettet stand. Nufi war sowas von sauer, dass er die Kette in einem Energieanfall einfach zerriss. Wir stopften Lorenz in die Kiste, so dass vorne die Beine und hinten der Kopf rausschaute, stiessen ihn so hoch zu unserem Auto und brachten ihn direkt ins Spital, wo er zuerst aufgepäppelt wurde und dann für ein paar Tage in der psychiatrischen Abteilung landete. Wir verloren den Kontakt dann kurz darauf. Ich hörte aber Jahre später, dass er und seine Freundin immer noch zusammen seien.

Im November erzählte mir Thomas von der Abschlussarbeit seines Studiums, davon, dass er mit einer Studienkollegin zusammen eine sogenannte *Nacht der un-über-hör-seh-baren Art* organisieren wolle. Und ob ich Lust hätte, das Ganze zu moderieren. Da ich mich als potentiellen Schauspieler wie auch als möglichen Starmoderator sah, sagte ich sofort gern zu. Das Programm beinhaltete eine Performance der beiden Absolventen, eine Lambada Show eines erotischen brasilianischen Tanzes, der gerade in Mode kam, plus einen Auftritt von *Chrige Lauterburg*, einer Berner Kulturgrösse, die zu dieser Zeit gerade mit Jodeln begonnen hatte. Wir mieteten den 1000 Leute fassenden Konzertsaal des Hotel National in Bern, organisierten eine für diese

Zeit extrem innovative Profi-Surround-Anlage, welche extra aus Düsseldorf herangefahren werden musste, und stellten unsere Emmentaler-Freilichttheater-Bar mitten in den Raum. Im Vorfeld fotografierte mich Thomas zu Werbezwecken zusammen mit der Fussball- und Schauspielerin nackt für die Einladungskarte und Werbeplakate. Die Einladungskarte war im Stil einer drehbaren Parkscheibe gestaltet, mit demselben Bild auf der Karte selbst sowie einer drehbaren, darüber angebrachten Transparent-Folie. Man konnte das Folienbild soweit drehen, bis die beiden Bilder überlappend einen 3-D-Effekt ergaben. Wir luden alle Leute ein, die wir kannten, und platzierten die Veranstaltung, nebst den Plakaten, die wir frei aufhängten, auf allen Gratis-Veranstaltungskalendern der Region. Thomas hatte einige Freunde gefragt, ob sie helfen würden. An der Bar und bei der Eingangskontrolle. Tom, ein Freund von ihm, sollte die ganze Technik im Griff haben. Das Projekt war auch ein Teil von Toms Abschlussarbeit als Bühnenbildner.

Am Tag des Events wurden die Bar und Technik angeliefert, und alle Künstler trudelten laufend ein. Thomas, Tom und seine Kollegin waren so nervös, dass sie schon am Nachmittag mit dem Trinken von Champagner begannen und bald nicht mehr zu brauchen waren. Nur ich stand da, quasi wie ein Fels in der Brandung. Da ich viele eingeladene Freunde erwartete, versuchte ich mit allen Mitteln, einen Flop zu verhindern und war plötzlich der Oberorganisator, musste die Technikleute koordinieren, die Barleute bei Laune halten und all die Ansprüche und Extrawürste der Künstler abfedern. Ich schwitzte Blut und war hypernervös, trank aber strikt keinen Alkohol. Es wurde zu meinem ersten Event-Projekt, dem Jahre später viele weitere folgen sollten. So gesehen war es eine super Lernplattform für mich.

Um 19:00 drängten sich hunderte von Leuten vor dem Eingang und eine Stunde später war der Saal proppenvoll. Unsere Werbekampagne war gut gewesen!

Pünktlich um zwanzig Uhr ertönte eine Sirene und ich schwebte am Haken des Bühnenkrans, adrett gekleidet in einer crèmefarbenen, hochgeschnittenen Hose mit breitem, schwarzem Elastik-Bund, im weissen Hemd, mit rosa Schal und brauner dicker Bauern-Wolljacke, die ich auf einem Bauern-Markt erworben hatte, mit vorne spitz zulaufenden braunen Zuhälter-Schuhen, gekleidet wie ein Dandy zu den Klängen von Beethovens dramatisch beginnender fünfter Symphonie langsam vom Dach des Saales auf die Bühne hinunter.

Ich nahm das Mikrofon in der Hand und wollte die Leute begrüssen. Den Satz hatte ich stundenlang eingeübt: „Sehr geehrte Gäste, ich begrüsse Euch ganz herzlich zur Nacht der …"

Plötzlich war das Mikrofon tot, kein Saft mehr drauf. Ein Raunen ging durch den Saal und ich wäre am liebsten in die Bühne reingesunken. Die Stimmung war weg und meine Nervosität verstärkte sich im Quadrat!

Ich versuchte dann noch zu retten, was zu retten war, und sagte die brasilianischen Tänzer an. Die folgende Lambada-Nummer war trotz funktionierender Musik nicht wirklich der Hammer und die Tanz-Darbietung ging auf der dafür viel zu grossen Bühne völlig verloren. Die darauf folgende Masterarbeit von Thomas und einer Freundin war auch nicht gerade ein kulturelles Highlight. Die beiden kamen als weiss gekleidete, androgyne Wesen auf die Bühne, tanzten ein bisschen rum und wurden dann eins in einer Kugel, in der sie dann ein bisschen auf der Bühne rumrollten. Chrige Lauterburg konnte mit ihrem Jodeln den Abend dann auch nicht mehr retten. Nach einer halben Stunde hatten wir unser Pulver schon verschossen und der Saal war praktisch leer. Ein engagierter DJ legte danach noch ein paar Scheiben auf, zu denen sich einige treue Freunde bewegten. Andere nahmen an der Bar noch ein paar Drinks zu sich, bevor sie in die Nacht entschwanden. Wir hatten die ganze Dramaturgie vernachlässigt, was sich bitter rächte. Wenigstens konnten wir dank der guten Kommunikation im Vorfeld des Anlasses alle Kosten decken und die Absolventen erhielten sogar gute Noten für den Anlass. Scheinbar wurde die Originalität hoch bewertet. Wir sassen noch ein paar Stunden zusammen und tranken den restlichen Champagner. Als ich nach Hause ging, war ich ziemlich stark alkoholisiert, aber froh, den Abend wenigstens einigermassen gerettet zu haben.

Gabriella und ich kamen uns in der Zeit näher. Wir waren beide auf eine jugendlich-romantische Art verliebt. Ich besuchte sie ab und zu in ihrer schönen Wohnung in der Länggasse und wir verbrachten sogar ein paar Nächte zusammen. Allerdings nur mit kuscheln und streicheln. Keiner von uns wagte es, in die Offensive zu gehen. Es war zwar ein gutes Gefühl, mit ihr zusammen zu sein, aber auf die Dauer doch etwas komisch, ohne Sex.

Schattenarbeit und Projektion

Ein paar Monate später stand dann ein weiterer Kurs auf dem Programm, der schon im Vorfeld für viel Gesprächsstoff sorgte. Sollte er doch richtig spannend werden. Wir waren wiederum im *Centro d'Ompio* in Norditalien. Nachdem die Energie zu Beginn mit den wirksamen Meditationen und weiteren Übungen so richtig hochgefahren wurde, stand das Highlight der Kurswoche auf dem Programm: das *Herr-Sklaven-Spiel*. Dazu teilten die Kursleiter die Teilnehmer zu Paaren zusammen. Mir wurde Naima, die schönste Frau der Gruppe zugeteilt. Sie nahm mit ihrem Freund Pesche am Kurs teil. Die Regeln waren so, dass ich zuerst sechs Stunden lang Herr und sie Sklavin war. Dann wurden die Rollen getauscht. Der Sklave musste gehorchen, hatte aber die Möglichkeit nein zu sagen, was aber eine mögliche Erfahrung verhinderte.

Als das Spiel begann, hatte ich die fixe Idee, dass ich mit ihr Sex haben müsse, da sie ja so attraktiv sei und das eine nicht wiederkehrende Gelegenheit dafür war. Aber als ich in mich reinspürte, war keine wirkliche Lust dazu da, es war nur eine rein kognitive Idee. Wir gingen zusammen auf mein Zimmer, wo ich Naima bat, zuerst sich auszuziehen und dann mich, was sie beides aufreizend langsam tat. Sie war Tänzerin und zeigte sich als extrem einfühlsam. Dann gingen wir in die Dusche, wo ich sie bat, mich zu waschen. Sie machte das und fragte mich bei den kritischen Stellen jeweils: „Hier auch?", was ich bejahte. Ich wurde aber nicht erregt dabei, sondern liess mich einfach von ihr waschen und genoss es. Dann legte ich mich aufs Bett und liess mich von ihr zwei Stunden lang nackt massieren, von Kopf bis Fuss, bis ich völlig entspannt war. Danach musste sie mir Getränke und Essen servieren. Zum Schluss legten wir uns noch zwei Stunden ins Bett. Kuschelnd in der Löffelstellung, das war's also mit meinem Herr-Sein, ganz anders, als ich es mir vorher vorgestellt hatte. Als gewechselt wurde, gab Naima mir auch den Job, sie zu massieren. Dann musste ich stundenlange Vorbereitungen treffen für ein Fest. Ich baute ihr eine Art Himmelbett. Als es fertig war, kam Pesche, der nun ebenfalls in der Herrenrolle war, mit seiner Sklavin ins Zimmer. Die beiden hatten das vorher so ausgemacht. Während die andere Sklavin und ich am Bettrand sassen, liebten sich die zwei stundelang im Himmelbett und wir fächerten ihnen ab und zu etwas kühle Luft auf ihre schwitzenden Körper und brachten ihnen kühle Getränke, die wir auf irgendeine Art organisierten. Das war's.

Am andern Tag erfuhr ich an der Austauschrunde, was bei den andern Paaren so gelaufen war. Bei den meisten ging's um Sex. Ein Herr hatte während sechs Stunden mit seiner Partnerin Sex in allen Formen und Varianten. Er nutzte seine Partnerin, eine Schauspielschülerin, als richtige Sexsklavin. Als die Rollen gewechselt wurden, liess sie sich von ihm in die nächste grössere Stadt fahren, von Kopf bis Fuss neu einkleiden und dann noch ins teuerste Restaurant der Stadt einladen. Ich lernte in diesem Spiel, wie auch in den anderen Gruppen des G, wie die Gesellschaft funktioniert und dass sich letztendlich fast alles um Macht, Geld und Sex dreht. Jeder, der in einer Beziehung steht, kennt diese Wechselbeziehungen im Kleinen auch. Dass damit die ganze Welt am Laufen gehalten wird, lässt sich täglich in der Boulevard-Presse nachlesen. Auch viele TV-Shows und Kuppelsendungen laufen nach dem Muster ab. Wie viele Männer machen Karriere, um sich ein gutes Leben mit den vermeintlich besten Frauen leisten zu können, und wie viele Frauen lassen sich aushalten oder prostituieren sich, um Teil dieser Welten zu werden und ein sorgloses Leben haben zu können? In späteren Gs fand der Schattenkurs dann nur noch in einem einzigen Raum statt. Da gab's einen Jungunternehmer aus Bern, der den Kurs mehrmals wiederholte um seine Machttrips bis zum Gehtnichtmehr auszuleben. Nachdem er in früheren Gruppen seine weiblichen Sklaven sexuell genötigt hatte, unterwarf er seinen erstmals männlichen Sklaven aufs Übelste und liess ihn, als traurigen Höhepunkt einer ganzen Reihe von Erniedrigungen, einen besonders stinkigen Müllkübel holen, auf den Teppich in der Raummitte ausleeren und dann darüber intensive Atemübungen machen, bis der Sklave sich übergeben musste.

In dieser Zeit kam Jutta mich wieder mal besuchen in Bern. Wir hatten wieder Kontakt aufgenommen und genossen wieder guten Sex zusammen. Einmal gingen wir Nacktbaden an die Sense. Als wir gerade aus dem Wasser stiegen, trafen wir Gabriella und Shazhada, ihren Exfreund und damaligen Assistenten am Maremma-Baby-Kurs. Gabriella war erstaunt, mich mit einer hübschen Blondine zu sehen, und sagte nur, dass wir uns bald wieder mal sehen sollten, was wiederum Jutta dazu motivierte, mir ein paar besonders schöne Tage zu bereiten. Unglaublich, nach welch einfachen Regeln gewisse Sachen laufen auf dieser Welt.

Zwei Wochen später traf ich zufälligerweise Ohrli wieder. Er war wie verändert, hatte vor ein paar Jahren in Thailand eine nicht sehr hübsche Frau kennengelernt und sie sogar geheiratet. Keiner konnte ihn verstehen. *Noi*, so hiess die Frau, war nicht nur völlig unattraktiv, sondern auch sehr dominant und fordernd. Es war eine komische Geschichte, einige meinten sogar, dass die Frau schwarze Magie betreibe und ihn verhext habe. Als ich Ohrli im Seeland besuchte, war eine Freundin von *Noi* dort sowie auch Mätscher, den ich früher mal umbringen wollte auf meinem Horrotrip. Er ging mit Ohrli zwei-, dreimal in einen andern Raum, wo sie zusammen Heroin in ihre Nase zogen. Ohrli kosumierte nun regelmässig harte Drogen, was ich nicht verstehen konnte, da wir ja früher auf der Suche nach Hasch schon mit dem Zeugs konfrontiert waren, aber immer respektvoll davon Abstand nahmen. Mätscher machte weiterhin viel Sport und genoss einfach ab und zu die verschiedensten Drogen, hatte das Ganze aber im Griff. Er arbeitete als Lehrer in der Region. Als ich nach Bern zurück fahren wollte, fragte mich die Thai-Freundin, ob ich sie an den Bahnhof Bern bringen könne.

Auf der Fahrt versuchte sie offensichtlich, die Zeit zu verzögern. Sie bat mich anzuhalten um irgendetwas Imaginäres zu suchen oder um pinkeln zu gehen. Da merkte ich, dass sie den Zug bewusst verpassen wollte. Sie war recht hübsch und ich hatte schon Lust auf ein kleines Abenteuer. So spielte ich mit, hielt auch noch mal kurz an, um was irgendwas im Laderaum des Wagens suchen zu gehen, und freute mich innerlich bereits auf einen erregenden One-Night-Stand. Wir schafften es tatsächlich, ihren Zug knapp zu verpassen. Also gingen wir in meine Wohnung. Der Sex war gut und sie kannte viele akrobatische Stellungen. Am andern Tag ging sie einfach frühmorgens weg und das war's. Drei Tage später begann es mich zwischen den Beinen zu jucken und ich wusste, dass sie mir einen Tripper angehängt hatte. Wie der sogenannte Zufall so spielt, rief mich just an dem Abend Gabriella unvermittelt an und sagte schon ganz offenherzig am Telefon: „René, ich brauche einen Mann, kann ich zu dir kommen?" Nun sass ich in der Bredouille. Endlich wollte die Frau meiner damaligen Träume mit mir ins Bett und ich hatte den Tripper. Wenn ich ihr das gesagt hätte, hätte sie vielleicht nie Sex haben wollen mit mir. Also liess ich sie kommen und versuchte, mir nichts anmerken zu lassen. Mein Hirn lief auch Hochtouren. Sie war wirklich voll geladen und kam gleich zur Sache. Ich ging mit ihr ins Bett und gab mir Mühe, sie ja nie zu berühren mit meinem ansteckenden Teil, das die ganze Zeit über auch schlaff blieb, der Krankheit wegen. Ich verwöhnte sie auf alle andern Weisen und sagte ihr, dass ich grad selber etwas unpässlich sei. Sie gab sich schliesslich halbherzig zufrieden, da ich mir sehr grosse Mühe gab, sie zufrieden zu stellen.

Gegen Ende des Jahres war mir das Geld ausgegangen und ich musste einen anstehenden Kurs mit dem Namen *Wer bin ich* aufs nächste Jahr verschieben.

Die folgenden Gruppen waren für mich nicht mehr so spektakulär. Erwähnenswert finde ich einzig noch das Modul *Geld und Selbstwert*. Der Kurs fand in einem Hotel in Oberhofen am Thunersee statt. Die ganze Woche wurde nur gespielt. Auf einer Art Bühne musste jeder zu Beginn einen Betrag auf sich setzen und das Publikum, die Gruppe, auf der Bühne davon überzeugen, dass man es verdient hatte, mitspielen zu dürfen. Dann wurde abgestimmt. Ich hatte in der Zeit immer noch wenig Geld, ja leistete mir nicht mal eine Krankenkasse und setzte 1500 Franken auf mich. Die Gruppe liess mich abblitzen und nicht mitspielen. Der Betrag stimmte aus Sicht der Mehrheit nicht zu mir, und es entsprach auch der Realität. Ich war fast blank und sparte mir das Geld für diese Gruppen immer auf irgendwelche Art und Weise zusammen. Ich durfte das Geld also behalten, war aber zum Zuschauen verdammt. Die Einsätze der Spieler kamen in einen Topf, den der Gewinner am Schluss kriegen sollte. Es kamen 35'000 Franken zusammen. Ich schaute nun während mehrerer Tage zu, wie die andern immer wieder auf die Bühne gingen und mittels eines KO-Systems, wie man es von Sportveranstaltungen her kennt, gegeneinander antraten. Jeder hatte jeweils zwei Minuten Zeit, das Publikum zu überzeugen, warum er der Gewinner war. Im Final standen sich Marco, damals CEO eines grossen Verpackungsunternehmens mit 500 Mitarbeitenden, sowie Mara, eine Krankenschwester und ehemalige Nonne, die mit dem Geld eine Naturheilpraktiker-Ausbildung machen wollte, gegenüber. Gespannt sassen wir im Raum und harrten der Dinge, die folgen sollten.

Zuerst kam Marco auf die Bühne. Er war der Typ Latin-Lover mit italienischen Wurzeln und grauen Schläfen und sah in seinem Business-Anzug einfach umwerfend aus. Vom Körpertyp her der klassisches *Phalliker*, stand er in der dominanten, von sich selbst *bis zum Gehtnichtmehr* überzeugten Pose vieler Wirtschaftsbosse da, die sich nie in Frage stellen würden, und liess das einfach so wirken. Am Schluss fragte er nur trocken: „Wem sonst ausser mir steht der Betrag zu? Ich bin der natürliche Gewinner!" Wir waren beeindruckt von so viel Selbstvertrauen und der so arroganten Art. Diese Typen glauben immer zu wissen, wo sie hin gehören. An die Spitze und nirgendwo anders hin. Und in vielen Fällen funktioniert es sogar. Man muss sich nur umsehen.

Dann war Mara an der Reihe. Sie war über Nacht nach Hause gefahren, um ihren früheren Nonnendress zu holen. So kam sie dann auch auf die Bühne. Schwarz gekleidet mit einfachen, flachen, vorne leicht abgerundeten Schuhen und der typischen Kopfbedeckung. Das wirkte. Es war eine unglaublich strenge Energie im Raum. Plötzlich riss sie sich die Robe vom Leib und stand da in Reizwäsche und Strapsen und schrie: „Und jetzt bin ich eine freie Frau und lebe meine ungebremste Pussy-Power!"

Mara warf Marco einen verächtlichen Blick zu, schnappte sich den Topf, drehte sich auf dem Absatz um, nahm den Kursassistenten an der Hand und verschwand mit ihm aufs Zimmer! Keine Frage: Sie war die klare Gewinnerin.

Das Bar-Projekt

Nach dem etwas missglückten Event im Berner National schloss mein Freund Thomas seine Ausbildung mit Erfolg ab. Danach hatten wir einen neuen gemeinsamen Plan. Wir wollten einen Barservice aufbauen. Es war die Zeit des berühmten Hollywoodfilms *Cocktail* mit Tom Cruise, und wir glaubten eine Marktnische gefunden zu haben. Ich hatte in der Zeit von einer verstorbenen Tante etwas über einhunderttausend Franken geerbt und damit plötzlich Geld und damit verbundene Möglichkeiten, ein paar Träume in die Realität umzusetzen, ganz nach meinem Lebensmotto: *Träume nicht dein Leben sondern lebe deine Träume!*

Ziel war es, die Bar mit meinem Citroën-Kombi transportieren zu können. Und die Bar musste sich kreativ von andern abheben. Die Barfachschule hatten wir beide ja schon absolviert. Ab und zu luden wir Leute ein, um ein bisschen zu trainieren. Wir machten Drinks wie *Tequila Sunrise, Sex on the Beach, Singapore Sling* oder mixten ganz einfach eine schöne frische *Pina Colada*.

Thomas hatte sehr klare Ideen. Die Bar sollte aus vier abgerundeten, modulartig zusammensetzbaren, halbrunden Teilen bestehen, die allein, in einer doppelten Version oder auch komplett mit allen vier Elementen zusammen eingesetzt werden konnten. Die vordere Abdeckung sollte aus rollbaren, dünnen Kunststoffplatten bestehen, die mit Leuchtstoffröhren hinterleuchtet wurden, um damit einen speziellen Lichteffekt zu erzeugen. Das Gerüst der Bar sollte aus vertikalen und horizontalen Metallstangen bestehen. Und eine halbrunde metallene Barstange für die Füsse war fester Teil des Konzeptes. Thomas sagte nur kurz: „Eine Bar ohne Barstange ist keine Bar!" Das Einzige, was ich beisteuerte, war die Vorgabe, dass die Barabdeckung oben aus fein duftendem Arvenholz bestehen musste.

Nun legten wir los und fuhren mit meinem Citroën die halbe Schweiz ab, um Materialien und Lieferanten zu suchen. Auf den Fahrten hörten wir *Eurythmics, Zucchero* und vor allem *Art of Noise*, eine extrem fortschrittliche Band in der Zeit des frisch entstehenden Techno-Booms. Wir kauften laufend Ware, die ich grosszügig vorfinanzierte. Wir hatten schon fast alles organisiert, sogar eine grosse, wie eine Parkscheibe gestaltete Visitenkarte, auf der das Wort *bar* eingedruckt war und über eine Scheibe entsprechende Worte wie *wunder, sonder, sommer oder strand* etc. – alles in Kleinbuchstaben geschrieben – zu Begriffen *wie sonderbar, wunderbar, sommerbar und strandbar* zusammengesetzt wurden. Die Karte war super, kostete aber auch 4500 Franken in der Herstellung, bezahlt von mir. Am Schluss suchten wir verzweifelt nach einem Verbindungselement, um das horizontale mit dem vertikalen Gestänge zusammenzubringen. Wir fanden nichts und hätten was Eigenes kreieren müssen, was wir uns aber nicht leisten konnten. Daran scheiterten wir schliesslich. Im Nachhinein hätten wir die Bar aber eh nicht in meinen Wagen gebracht, schon wegen des Gewichts nicht. Aber ein Anhänger hatte in unseren damaligen Vorstellungen, an die wir uns extrem strikt hielten, einfach keinen Platz.

Mit dem gemeinsamen Projekt, in welches ich einen beträchtlichen Teil meines Erbes gesteckt hatte, brach auch die Beziehung zwischen Thomas und mir langsam auseinander. Die vier halbrunden, vollverchromten Barstangen lagerte ich noch lange im Keller des Hauses meiner Mutter, einfach weil sie so teuer gewesen waren ...

Awareness Intensive – Wer bin ich?

Ich hielt mich die folgenden Wochen mit Gelegenheitsjobs über Wasser und holte Ende des Jahres die noch fehlende G-Gruppe mit dem Namen „Wer bin ich?" nach. Da der zweite Kurszyklus des *G* schon parallel am Laufen war, musste ich nur wenige Monate warten. Der Kurs fand wiederum im *Centro d'Ompio* statt. Es ging darum, rauszufinden, wer man wirklich war und welches konkrete Potenzial noch brach lag. Ich war schon von Beginn an erfreut zu sehen, wie viele Frauen des G2 mir gefielen. Die Auswahl war hier aus meiner Sicht viel attraktiver als im ersten Kurs. Zudem hatte ich innerhalb unserer Selbsterfahrungsszene als *Oberschizo* in der Zwischenzeit den Ruf eines Paradiesvogels erworben, was meinen Marktwert gewaltig steigerte. Innerhalb der Kurse gab es nun immer mehr Querverbindungen zu andern Kursen, da sich viele auf Empfehlung von Absolventen früherer Kurse für das Angebot interessierten. Ein gutes Empfehlungsmarketing!

Ein Grossteil des Kurses fand in einem vom Tageslicht abgeschlossenen Raum statt. Wir mussten unsere Uhren abgeben und wussten während mehrerer Tage nicht, ob es gerade Morgen,

Mittag oder Abend war. Es war wirklich extrem intensiv, einige Übungen dauerten stundenlang. Dann gab es einen äusseren und inneren Kreis, wo jeweils die Hälfte der Teilnehmer sass. In der Folge hatte jeder aussen Sitzende die Aufgabe, dem Gegenübersitzenden des andern Kreises mitzuteilen, wer er sei. Das wurde dann wiederholt, bis man jedem seine Story erzählt hatte. Dann wurden die Rollen gewechselt. Der erste, der mir gegenübersass, war Urs. Ein relativ kleiner, sportlicher, typischer *dominanter Psycho*. Er war voll geladen und begann wie folgt: „Ich bin der beste Vögler der Welt. Ich bin der Oberstecher und bumse jede Frau so oft, wie sie will." Und so weiter und so fort. Es ging nur um das eine Thema. Dann kam die Nächste: „Ich bin eine tolle Frau. Ich bin völlig begehrenswert, weil ich so bin, wie ich bin. Ich bin eine grosse Künstlerin ..." Das Ganze dauerte ungefähr 48 Stunden, ohne Schlaf wohlverstanden. Dann wurde gewechselt. Ich kam ziemlich gegen Schluss dran und fühlte mich schon fast durchsichtig. Es war spannend, zu erleben, wie sich meine Selbstwahrnehmung im Laufe der folgenden ca. 20 Sessions änderte. Am Schluss hatte ich das Gefühl, ein geborener Schauspieler zu sein, der sein Potenzial bisher noch nicht abgerufen hatte, auf den die Welt aber gewartet hatte, quasi ein unentdecktes Genie. An Silvester, dem letzten Kursabend, machten wir eine geführte Traumreise. Als Höhepunkt sollten wir einen visionären Ausblick ins kommende Jahr wagen. Da sah ich, wie mein neuer Name *Pallav*, den ich mir mal vom Bhagwan hatte geben lassen, und er übersetzt *zarte junge Blätter* hiess, mit Raketen in den Pariser Nachhimmel geschossen wurde. Ich hatte das Gefühl *A star is born* und erzählte das auch in dem den Kurs abschliessenden Gruppengespräch.

Eine kurze Liebesgeschichte

Rachel, eine sehr hübsche Frau, hinter der das halbe G her war, glaubte wahrscheinlich auch an mein Potenzial. Sie fragte mich am anderen Tag gleich, ob sie mit mir zurückfahren dürfte. Ihr damaliger Freund Tommy, der auch am Kurs teilnahm, würde auch mitfahren, aber ihre Beziehung sei eh zu Ende. Als ich ja sagte, küsste sie mich lange und innig und wir waren ein Paar. Es war schon ein bisschen komisch, mit den beiden zurückzufahren, aber Tommy war völlig cool und wir konnten unseren Liebesgefühlen freien Lauf geben. Als wir mit meinem goldenen CX über den Simplonpass blochten, lief gerade *Senza una donna* von *Zucchero*, während Rachel und ich unsere Hände hielten und ich völlig abspacte. Ich fühlte mich in diesem Moment einfach nur glücklich und wünschte mir, dass dieser Moment ewig halten möge.

Die nächsten 3 Monate verbrachte ich sehr glücklich und pendelte oft zwischen Bern und Feldmeilen, wo Rachel noch im Haus von Tommy wohnte. Ein wunderschön gelegener Ort an der Goldküste des Zürichsees. Rachel war die Freundin der Tochter des Besitzers des bekanntesten Zürcher Musikhandelsgeschäftes, mit der wir oft zusammen waren und die uns Tickets zu tollen Konzerten organisierte. Das beste war ein Konzert der *Megadrums* in der Zürcher Tonhalle, einer Trommelband von *Bernard Flatischler*, damaliger Lover dieser Freundin.

Parallel dazu hatte ich mich für Kurse an der Pariser Schauspielschule *Philippe Gaulier* angemeldet, die ich ja von meinen früheren Paris-Besuch bei der Mittelstürmerin kannte. Da ich mal viel zu schnell fuhr und von einer Radarfalle erwischt wurde, musste ich meinen Fahrausweis abgeben. Ich nahm das zum Anlass, um endlich nach Paris zu fahren und die Kurse an der Schauspielschule zu besuchen. Ich fuhr mit dem Citroën hin und wollte nach Ende des ersten Kursmonats zurück nach Hause fahren, Rachel besuchen, meinen Schein abgeben und mit dem Zug wieder nach Paris fahren.

Monsieur la Crevette – an der Ecole Philippe Gaulier in Paris

Da ich ja nun Schauspielstar werden wollte, gab ich meine Berner Wohnung an meine Schwester Doris weiter und trennte mich von meinem Hab und Gut. Ich behielt nur ein paar Kleider, ein Bügelbrett inklusive Bügeleisen, um meine Hemden im Schuss halten zu können, und platzierte eine Matratze in meinem Citroën, damit ich auch mal darin schlafen konnte, falls ich keinen Schlafplatz finden sollte im fernen Paris. Die Trennung von Rachel gab mir einen Stich ins Herz. Aber wir würden uns ja bald wieder sehen. Wir schrieben uns regelmässig und sahen uns dann, als ich von Paris nach Hause kam, um meinen Wagen abzugeben. Sie hütete zu dieser Zeit die damals so vier Jahre alte Tochter von Jasna in Bolligen bei Bern. Wie liebten uns, während die Kleine schlafend danebenlag. Das war auch etwas speziell. Am Tag danach fuhr ich wieder mit dem *TGV* nach Paris und war einen Monat nur mit *Metro* oder *RER* unterwegs. Ich vermisste Rachel sehr. Ich war ja völlig verliebt und wäre so gern bei ihr geblieben, sah aber meinen Schauspielunterricht als extrem wichtig für meine Zukunft an.

Die Schule war hart. Die meisten Teilnehmer aus über 20 Ländern waren Strassenkünstler sowie auch gestandene Schauspieler, die sich weiterbilden wollten. Philippe Gaulier war sehr bekannt in der Szene und auch berühmte Leute wie der spätere *Borat Sasha Cohen* sowie auch *Emma Thompson* zählten zu seinen Schülern. Er war ein Alkoholiker und eine Flasche Whiskey stand während des Unterrichts immer in seiner Nähe. Gaulier gab jeweils eine kurze Einführung ins Thema. Danach ging es während der Trainings nur darum, auf der Bühne zu stehen und zu performen. Beim ersten Thema *Les Bouffons* erklärte er, wie diese Narren, die meist ausserhalb der Städte in den Wäldern hausten und ab und zu durch die Stadt zogen, die Einzigen waren, die dem Herrscher einmal im Jahr die Wahrheit sagen durften. Sie wurden an den Hof eingeladen, kriegten Speis und

Trank, führten ihre Gauklerspiele auf und hielten dem Herrscher und seiner Entourage den Spiegel vor. Nachdem sie schliesslich alle Grenzen überschritten hatten, wurden sie von den Wärtern wieder in die Wälder zurückgejagt. Wir spielten in der Schule die Szenen in den Wäldern und die Darbietungen vor dem König, der in unserem Fall aus Philippe Gaulier bestand. Er war sehr wachsam und hatte eine schier unglaubliche Intuition und ein Gespür dafür, wann jemand bei sich und damit authentisch war und wann nicht. Sein Gesicht war in dauernder Bewegung, wie ein hochsensibles Messinstrument, dessen Pegel dauernd am Ausschlagen waren. Wenn die Mundwinkel zu lange unten blieben, und ein manchmal fast ekliger Ausdruck in seinem Gesicht sichtbar wurde, fegte er den jeweiligen Schüler mit einer eindeutigen Geste einfach von der Bühne. Mit einer harschen Bewegung forderte er alsdann den Nächsten auf die Bühne.

Ich hatte als Kleidung je einen rosa und senfgrünen Homedress aus Jersey-Material dabei, die ein bisschen an Pyjamas erinnerten. Am Tag meines ersten Auftritts trug in den rosa-farbenen Dress. Ich war voll in meinem Schizo drin und fühlte mich wieder mal überhaupt nicht zur Gruppe gehörend. Ich spürte den Puls hoch bis zum Hals schlagen, und trat vor Philippe hin. Ich gab mir grosse Mühe und versuchte was Komisches aufzuführen, dabei beobachtete ich, wie seine Mundwinkel zu Beginn ein paar Mal nach oben zeigten, dann zweifelnd in einer horizontalen Balance verweilten und schliesslich fast nur noch runterfielen. Nach etwas mehr als einer Minute sagte er auf meinen lachsfarbenen Dress anspielend: „Monsieur La Crevette, so geht das nicht, ab in den Wald!", und jagte mich mit seinem Stock förmlich von der Bühne weg. Dieser Monat sollte für mich schier unerträglich lang werden, kam ich doch selten zum Zug, und wenn, war ich auch schnell wieder weg von der Bühne.

Die andern Kursteilnehmer wollten so billig wie möglich leben, um möglichst viele Kurse bei Gaulier besuchen zu können, während ich in der Freizeit das schöne Pariser Leben geniessen wollte. So war ich meist alleine unterwegs. Einmal wurde ich zu einer Party meiner Schulkollegen eingeladen. Da sah ich, dass sie sich regelmässig trafen und den Austausch auf allen Ebenen pflegten. Die Wohnung war zum Bersten voll und es wurde geraucht und billiger Wein getrunken. Ich fühlte mich sowas von nicht dazu gehörend, dass ich mich nach zwei Stunden leise davonschlich Es war so anders als in meinen Selbsterfahrungs-gruppen, wo wir uns gegenseitig unterstützten, wo es nur ging.

Ich hatte mir eine Wohnung gemietet, nahe der *Rue St. Denis* und kam jeden Abend an den Huren vorbei, die sich an dieser Strasse prostituierten. Es war trostlos, nicht so wie in Filmen wie Irma La Douce. Überhaupt vermisste ich den berühmten Pariser Charme. Die Stadt war einfach ein multikultureller Koloss und rauschte rund um die Uhr, kein Ort für mich, um lange da zu leben.

Nahe bei meinem nicht gerade billigen, aber schmucken Apart-ment mit kleiner Dachterrasse war ein typisches Bistro, wo ich fast jeden Mittag essen ging, wenn der Kurs entweder schon fertig war oder erst am Nachmittag begann. Das Essen war her-vorragend. Häufig isst man in Paris in eben genau diesen klei-nen Restaurants, primär über Mittag, günstige, hervorragend gekochte Menus *à la Maman*. Auch abends war ich meist alleine unterwegs. Einmal war ich im *Quartier Latin* auf einem Platz, als mich eine sehr attraktive Frau interessiert ansprach und nach der Uhrzeit fragte. Als ich antworten wollte, hatte ich das Gefühl, dass meine Mutter direkt oberhalb mir stünde und jede Bewe-gung von mir beobachtete und beurteilte, und ich brachte keine vernünftige Antwort raus, ja fühlte mich völlig blockiert. Die Frau ging dann etwas verwirrt weiter und ich wusste, dass ich einerseits eine Chance verpasst hatte und andererseits noch im-mer nicht wirklich frei war.

Gegen Schluss des ersten Kurses bat mich Gaulier nochmals auf die Bühne. Es begann mit einem gut gemeinten „So jetzt wollen wir mal schauen was uns René heute bieten kann. Heute erfreut er uns in einem Senf-farbenen Dress – *et voilà, Monsieur René qui nous vient aujourd'hui en moutarde*[72]", und auch dieser Versuch ging ziemlich daneben. Im Nachhinein war es ein Wunder, dass ich Paris nach einem Monat nicht einfach verliess. Schauspielerisch brachte ich wenig zustande, fühlte mich völlig allein und sehnte mich nach Rachel. Aber ich wollte halt die volle Erfahrung machen und blieb.

Das Thema des zweiten Kurses war *Mélodrame*, passend zu meinem Leben in Paris. Wir erfuhren, dass die meisten Schauspieler schon früher arm wie Kirchenmäuse gewesen waren und vor allem für die obersten billigen Reihen spielten, die von den ärmeren Gästen gebucht wurden, mit denen sie sich identifizierten. Darum die grossen, ausladenden Gesten gegen oben. Sie verabscheuten die Reichen, die auf den besten Plätzen direkt unterhalb der Bühne und in den Logen sassen und sich während der Vorstellungen mit allen möglichen Sachen vergnügten. Die Krux dabei war und ist, dass es aber genau diese Gäste waren resp. heute noch sind, die das ganze Theater überhaupt möglich mach(t)en und den Schauspielern dadurch die Möglichkeit gaben und geben, Geld zu verdienen mit ihrer Kunst.

Ich war in einen intensiven Prozess reingeraten, weil ich merkte, dass mein bisheriges Leben eigentlich ein riesiges Melodrama gewesen war. Aber in Paris waren keine *Selbsterfahrer* und auch keine Therapeuten vor Ort, die mich in diesem Prozess begleiteten. Ich litt wie ein Hund, zog aber meine Sache durch. Einmal sollte ich auf der Bühne einen Seemann spielen, der sich kurz vor der Fahrt über den Ozean in ein hübsches Mädchen verliebt hatte, sie aber verlassen musste, um seinen Pflichten als Seemann nachzugehen. Eigentliche eine Analogie zu meiner eigenen Situation in Bezug auf Rachel. Ich sollte an der Reling stehen und an meine Liebste denken, was sie wohl tun würde und ob sie mich noch liebte. Ich spielte diese Rolle so authentisch wie möglich und gegen oben, dem *Flohboden* zu, wie wir die billigen Plätze in der Schweiz nennen. Ich wollte alles richtig machen und gab alles rein. Es musste aber so komisch gewirkt haben, dass sich meine Kollegen vor Lachen krümmten. Auch Gaulier lachte wie ein Pferd. Am Schluss sage er zu mir: „René, ich glaube sie sind im falschen Kurs!" Da war's dann gewesen. Ich lernte, dass Schauspielerei ein knochenharter, meist schlecht bezahlter Job ist und ich kein Schauspieler im klassischen Sinne bin. Auch war ich nicht bereit, dafür auf das gute Leben zu verzichten. Ich lernte, dass man leicht nervös sein musste, bevor man eine Bühne betrat, um die nötige Spannung zu haben, aber nicht allzu nervös sein durfte, weil sonst alles schief lief. Das kommt mir heutzutage oft in meinem Beruf zugute, wenn ich Präsentationen halte. Mehr und mehr Manager verbessern ihre Präsentationskompetenz heutzutage mit der Hilfe von Schauspieltrainern, was wiederum hochwillkommene Verdienstmöglichkeiten für Künstler bietet.

Assistentenfreuden

Als ich wieder nach Hause kam, hatte Rachel einen neuen Freund kennen gelernt. Einen Pfarrer aus dem Selbsterfahrungskurs G, welcher gerade seine Lust auszuleben begann. Ich war enttäuscht aber gleichzeitig auch einsichtig, da ich nicht erwarten konnte, dass sie die ganze Zeit auf mich wartete, während ich in Paris mein Ding durchzog.

Ich traf mich mit Jasna, welche mir anriet, doch beim nächsten Kurs innerhalb des dritten Zyklus als Assistent mitzumachen. Der Kurs fand erneut im *Centro d'Ompio* in Italien statt. Schon bald interessierte sich Marianne für mich und wir begannen eine Beziehung, die rein sexueller Natur war. Auf der Heimfahrt lud ich meinen Wagen in Domodossola auf den Zug, der uns durch den Simplontunnel bringen sollte. Im Wagen machte ich dann einen alten Traum wahr und hatte auf dem Rücksitz Sex mit ihr, während wir ratternd durch den Tunnel fuhren.

Ananda hatte mir während des Kurses angeraten, mich auf meine beruflichen Wurzeln zu konzentrieren und da aufzubauen, wo sie am solidesten waren. Ein sehr kluger Rat, der mich endlich weg brachte von der Massiererei und Jobberei. Meine Basis war eine solide kaufmännische Ausbildung. Da ich noch keine Erfahrung hatte mit Computern, begann ich mal die Grundlagen zu studieren und fand dann eine Stelle bei einer Bank, wo ich Kundendaten bearbeiten musste, alte Kunden löschen, neue erfassen und Adressen ändern. Nach drei Monaten hatte ich genug davon und wollte was Anspruchsvolleres machen. Ich fand dann eine temporäre Anstellung bei einem kleinen Telekom-Unternehmen, wo ich Bedienungsanleitungen layouten und Präsentationen für das Management erstellen durfte, auf einem *DEC-System*, da das Personal Computing damals erst am Entstehen war.

Danach wiederholte ich noch meinen G-Kurs *Schatten und Projektion*, in dem ich für das Herr- Sklaven-Spiel mit Patty, einer blonden Sexbombe, zusammengebracht wurde. Sie war zuerst Sklavin, liess sich von mir in ein nahegelegenes Luxushotel einladen und verführte mich in der Nacht nach allen Regeln der Kunst. Wir blieben dann gleich die ganze Zeit im Hotel. Während des restlichen Kurses gingen wir nachmittags während der Pause jeweils spazieren zu einem Apfelbaum etwas ausserhalb des Zentrumgeländes, wo wir uns täglich unter den runterfallenden Apfelbaumblüten liebten. Eine den Kurs ebenfalls wiederholende Mit-Absolventin des ersten Kursteils gestand mir später, dass sie uns immer nachging und uns von einem geschützten Ort aus beim Liebesakt beobachtete, gab uns *gute Noten* für unsere Freiluftaktionen. Ich hätte es Patty jeweils richtig gut besorgt.

Mit Patty viel nachgeholt

Ich besuchte Patty danach oft in Basel, wo sie herkam, und brachte sie nachher nach Bern, wo sie Arbeit fand und wo wir uns eine gemeinsame Wohnung nahmen. Sie war zwölf Jahre jünger als ich und wir hatten eine extrem spannende und lustvolle Zeit zusammen. Sie war zwar etwas manisch-depressiv und ich wusste nie, was geschah, wenn sie nach Hause kam. Entweder war sie ein Schmusekätzchen, stürzte sich heulend in meine tröstenden Arme oder verführte mich gleich vor dem Kamin. Oft tanzte sie zu Hause zu ihrem Lieblingslied *Nothing compares 2 u* von *Sinead O'Connor,* mit der sie sich voll identifizierte und die am selben Tag wie ich, am 8. Dezember geboren war. Einfach zehn Jahre später. Es war und blieb spannend. Wir waren oft mit meinem grossen Citroën unterwegs, hatten Sex im Wagen oder in der freien Natur, was uns die eine oder andere Beschwerde einbrachte. Aber uns war das so was von egal! Allerdings beschäftigten wir uns so stark miteinander, dass sogar meine besten Freunde sagten, dass ich jederzeit bei ihnen willkommen sei, aber einfach ohne Patty. Wir waren beide sehr eifersüchtig und trieben das auf die Spitze. Sie war sehr gross, mit langen Beinen und perfekten Brüsten. Sie kaufte sich immer sehr kurze Röcke, unter denen ab und zu der Slip zu sehen war, um die Blicke der Männer auf sich zu ziehen. In dieser Zeit war das noch nicht so wie heute, wo man die Unterwäsche der jungen Frauen oft sehr freizügig präsentiert kriegt. Sah ich aber mal einer andern Frau nach, machte sie mir direkt am Ort des Geschehens gleich eine Riesenszene. Als wir uns trennten begann Patty eine Ausbildung als Psychiatrieschwester und wir sahen uns ab sofort nicht mehr. Nach einem Jahr hörte ich, dass sie selber in der Psychiatrie gelandet war. Ich sah sie nochmals in Bern, zusammen mit einem Betreuer. Als sie mich sah, war sie wie ein kleines scheues Mädchen und machte fast einen Knicks vor mir. Es brach mir fast das Herz, als ich daran zurückdachte, wie sie früher in voller Power zum Song von *Sinead* abtanzte. Zu Hause und in vielen Diskotheken, die wir zusammen besuchten und wo sie durch ihren Tanzstil regelmässig zur Attraktion des Abends wurde. Ich hoffe sehr, dass es ihr gut geht. Ich hörte später, dass sich ihr Bruder das Leben genommen hatte. Sie hatten beide eine extreme Jugend verbracht, bei einer depressiven Mutter und einem gewalttätigen Versager-Vater, der die ganze Familie schlug, wenn er gefrustet war.

Das Erfolgsseminar PET

Als ich noch mit Patty zusammen war, besuchte ich auf Anraten von Jasna das Erfolgsseminar *PET* (Positives Erfolgs-Training) damals bei G-Absolventen, die Karriere machen wollten, hoch im Kurs. Der Erfinder und Kursleiter Lemmer war lange Coach im obersten Managementbereich mit Kunden wie dem Chef von Volkswagen, Piech. Lemmer hatte erfolgreiche Manager analysiert und mit nicht erfolgreichen verglichen, um rauszufinden, was die Schlüsselkriterien für wirtschaftlichen Erfolg waren. Darauf hatte er dann sein Erfolgsseminar aufgebaut. Der Kurs fand in einem Mövenpick-Hotel statt und dauerte drei Tage. Wir assen nur Steaks. Zum Frühstück, am Mittag und am Abend. Nach einem Theorieteil, wo er uns die fünf Kernpunkte des Trainings beibrachte, die eben erfolgreiche von nicht-erfolgreichen unterschieden, mussten wir einen mehrseitigen Text auswendig lernen, der wiederum die Kernpunkte seiner Lehre enthielt. Am Schluss lernten wir noch einen Lehrsatz, quasi ein Mantra, das wir täglich mehrmals wiederholen sollten. Mir war bewusst, dass ich finanziell erfolgreich hätte werden können beim Befolgen seiner Lehre, dass ich aber dafür im Gegenzug keine echten Freunde mehr gehabt hätte in meinem künftigen Leben. So konsequent und *Money-driven* war sie ausgelegt. Ich fand aber raus, dass ich unbedingt meinen Job wechseln musste, meine damalige Arbeit als Juniorprogrammierer, in dem ich nur litt und den ich als für mich logische Weiterführung meiner erworbenen Computerkenntnisse ergriffen hatte, nach einem mit *sehr gut* absolviertem Einstiegstest. Ich kündigte gleich am Folgetag des Kurses. Seit diesem Kurs habe ich keine kalten Füsse mehr. Warum, weiss der Geier.

Gabriella

Nach Ende meiner Beziehung mit Patty intensivierte ich auch den Kontakt zu Gabriella wieder, mit der ich zwar immer in Kontakt geblieben war, trotz Pattys Argusaugen, die gerade in dieser Hinsicht scharf waren wie Pfeile. Ich besuchte sie einmal in ihrer Wohnung an der Aare. Als ich gerade heim gehen wollte, küssten wir uns und landeten in ihrem Schlafzimmer. Wir hatten das erste Mal richtig Sex zusammen. Es war wunderschön. Wir fanden beide, dass es einfach wunderschön gewesen war und wiederholten es noch ein paar Mal. Aber es war nie mehr so schön wie ganz zuerst, im Dunst eines Zaubers des völlig Unerwarteten. Wir überlegten uns, eine Partnerschaft einzugehen, liessen es dann aber sein. Sie war sehr auf Karriere fixiert und wollte mich auch dahin pushen. Wir blieben aber gute Freunde. Anlässlich ihres 50. Geburtstags lud sie mich ein zu einer Wanderung auf den Niesen, an welcher sie mir ihren jetzigen Lebenspartner vorstellte, einen Unternehmer aus dem Emmental. Ein richtig guter Typ, der all ihre hochgestellten Kriterien erfüllte. Ihre hohen Ansprüche waren der Grund, warum sie so lange und so oft alleine lebte. Vor wenigen Monaten war ich an ihrer Hochzeitsfeier. Gabriella lebt nun wie eine Prinzessin im wunderschönen Emmental.

Abschied von Jasna und Ananda

Eine Zeit lang besuchte ich noch sogenannte *Counseling*-Gruppen bei Jasna, wo sich ehemalige Absolventen des G regelmässig an einem Abend einfanden, um Lösungen für aktuell auftretende Herausforderungen zu finden um ihr Potenzial voll leben zu können. Einmal ging es um meine berufliche Zukunft. Jasna holte eine Kugel hervor und schaute rein. Sie sagte, dass sie mich sehen würde an einer Maschine irgendwelche Karten raus- und wieder reinstecken. Ich dachte daran zurück, als ich ein paar Jahre später einen wegweisenden Job bei einem grossen

Telekomausrüster fand, der Teilnehmervermittlungsanlagen vertrieb, Schränke, bei denen sogenannte Karten rein- und rausgeschoben wurden.

Jasna und Ananda hatten sich vor Jahren in einem G-ähnlichen Training in Deutschland kennengelernt. Sie war ein im ehemaligen Jugoslawien aufgewachsenes Strassenkind, früher Mitglied von Jugendgangs und über einen Mann in die Schweiz gekommen, wo sie sich zur Psychiatrieschwester weitergebildet hatte. Ananda war damals ein etwas runtergekommener Alkoholiker und Spät-Achtundsechziger der seinen Weg in die Gesellschaft suchte. Sie hatten sich beide im Training bestens entwickelt und ineinander verliebt. Sie verfügten über die Gabe, das Gelernte abzuspeichern und gleich umzusetzen. Zusammen waren sie brillant, sie die psychiatrisch auch mit schweren Fällen zurechtkommende Praktikerin mit einer aussergewöhnlich hohen Intuition gepaart mit dem umwerfenden Charme einer blendend aussehenden Verführerin, er ein brillanter Analytiker und begnadeter Redner mit einer männlich-faszinierenden Ausstrahlung.

Sie hatten während der Kurse dauernd Machtkämpfe, umso mehr, als sie richtig viel Geld zu verdienen begannen. Als er einmal eine Affäre mit einer Kursteilnehmerin hatte, kündigte sie ihm die Liebe und sagte, dass er sie die ganze Zeit schlecht behandelt habe, was aber nie bewiesen werden konnte. Sie brachten viele Teilnehmer weiter, wie mich, der durch die Kurse zurück auf den Boden kam, erfuhr nach welchen Gesetzen die relative Welt funktionierte, mein Potenzial entdeckte und das Leben wieder in den Griff bekam. Kritisch war eher, dass sie nicht alle Teilnehmer schützen konnten. Es gab ein paar Fälle, wie der von Patty, wo Teilnehmer in der Psychiatrie landeten. Die beiden kamen später auch unter Beobachtung der Sektenforscher, vor allem Jasna wurde streng gecheckt, weil ehemalige Schülerinnen in Skandale verwickelt wurden. Aus meiner Sicht kann man ihnen aber keine Vorwürfe machen. Von Anfang an wurden die Teilnehmer auf ihre Eigenverantwortung hingewiesen, was sogar unterschrieben werden musste, und sie versuchten nie, jemandem was aufzudrücken, was er oder sie nicht wollte.

Mein Leben entwickelte sich nun mehr und mehr in geordneten Strukturen. Ich bildete mich laufend weiter und heiratete Mona, meine heutige Frau, die ich immer noch von ganzem Herzen liebe und mit der ich mich laufend weiter entwickeln kann. Ich habe im tibetischen Buddhismus einen für mich völlig logischen, klaren spirituellen Weg inklusive der dazugehörenden täglichen Praxis gefunden – das, was ich eigentlich während all der vergangenen Jahren mit unermüdlichem Eifer gesucht hatte. Und ich arbeite seit vielen Jahren in einem mittelständischen, international tätigen Unternehmen im PR-Bereich und kann mich mit spannenden Projekten auseinandersetzen. Ab und zu gab und gibt es immer noch unglaubliche Momente und Szenen wie beispielweise die folgende:

Ein Polizist mit Herz und Verstand

In den späten 90er Jahren arbeitete ich für einen bekannten Telekomausrüster in Bern und war für Messen und Events zuständig. Am Vortag einer Tagung für unsere Schweizer Grosskunden hatte ich in der Messe Bern eine Halle als Vortragssaal sowie eine andere als Raum für eine begleitende Produkte-Ausstellung gemietet. Wir hatten gerade einen neuen Chef Schweiz erhalten, einen Oberst im Generalstab, einen völligen Militärkopf, der früher für ein anderes bekanntes Schweizer Unternehmen Waffen verkauft hatte. *Sigi* war ein absoluter Perfektionist und Kontroll-Freak. Als er im Rahmen der vortäglichen Hauptprobe durch die Ausstellung ging, lief ein Bildschirm nicht. *Sigi* wollte gleich ein Exempel seines Führungsstils statuieren, zitierte mich als Projektleiter vor die gesamte versammelte Mannschaft und sage: „Eichenberger, in einer halben Stunde läuft dieser

Bildschirm, sonst sehen sie alt aus!" Ich setzte mich in einen Firmenwagen und blochte mit 120 Stundenkilometern über den Berner Autobahnring zurück zur Firma nach Bern-Bümpliz, um einen Ersatzbildschirm zu holen. Erlaubt waren 80 km/h auf dieser Strecke. Kurz vor der Zielausfahrt überholte mich ein goldfarbenes BMW-Coupé. Als es vor mir wieder einbog, blinkte eine Leuchtschrift auf, die am Heckfenster befestigt war: POLIZEI. Ich hielt an. Ein netter Polizist stieg aus: "Ihre Papier bitte!" Ich war verzweifelt, sah meine halbe Stunde schwinden und hatte meinen Fahrausweis in meinem in der Firma parkierten Wagen liegen. Ich stammelte was von: "Neuer Chef, Riesenstress, halbe Stunde sonst Job weg", sagte, dass ich meinen Führerschein im andern Auto hätte und sah aus wie ein begossener Pudel. Der Polizist meinte trocken: "Was Sie machen, ist nicht gesund!" Ich blickte erstaunt auf, schweissgebadet. Da sagte der Polizist im breitesten Berndeutsch "Herr Eichenberger, denken sie an ihren Herzmuskel!", stieg in seinen Wagen und verschwand!

Schlusswort

Das war der erste Teil meines Lebens. Quasi das volle Leben, intensiv wie ein Ganzes. Sollte es einmal einen Teil zwei geben, wird das ein völlig anderes Buch. Wahrscheinlich ein spirituelles!

Ich danke meiner Mutter, meinem Vater und meinen Vorvätern für die Schaffung einer so freiheitlichen Gesellschaft, in der ich aufwachsen und all meine wilden und weniger wilden Erfahrungen machen durfte, und schliesse mit dem Wunsch, dass wir die Werte unserer freiheitlichen Gesellschaft grad in diesen Zeiten geschickt getarnter, steigender staatlichen Repression unter allen Umständen verteidigen. Nicht nur mit Herz, sondern mit Herz UND Verstand, so dass auch möglichst viele andere die nötigen Erfahrungen in Freiheit machen können, um wirklich frei werden zu können. Frei von Zwängen und Dogmen jedweder Richtung und Schattierung! Und ich danke meiner Frau Mona und meinem Lama. Dank ihr bin ich gesellschaftsfähig geworden und dank ihm habe ich den Weg zurück zu meiner Kreativität gefunden und Antworten auf meine grossen Fragen über den Sinn des Lebens *per se*.

Glossar

[1] Bruno im Zürcher Dialekt

[2] Bernhard im Berner Dialekt

[3] Tiefschutz für den Unterleib im Berner Dialekt

[4] Bekanntes Schweizer Brettspiel

[5] Leiter eins sogenannten „Fähnlis", einer Gruppe von 6 – 10 Pfadfindern

[6] Volksfussballturnier – „Grümpel" = gemischter Haufen

[7] Da Bern zwar Bundeshauptstadt ist, aber viel kleiner ist und wirtschaftlich weit hinter Zürich liegt, pflegt der Berner eine natürliche Abneigung gegen alles Zürcherische.

[8] Berndeutsch für Fräulein, unverheiratete Frau

[9] Kurze Zigarren meist minderer Tabakqualität, meist geraucht von älteren Männern eher unterer Gesellschaftsschichten

[10] Kundendatei mit Zusatzinformationen, heute CRM genannt (Customer Relationship Management)

[11] Der Schlittschuh-Club Bern (SCB) ist in Bern eine Institution. Mit einem Besucherschnitt von über 17'000 Zuschauern pro Spiel der grösste Europas. Von der lokalen Bedeutung vergleichbar mit dem FC Basel oder Borussia Dortmund im Fussball.

[13] Laurel & Hardy waren Helden der Stummfilmzeit.

[14] Dünner, schmalbrüstiger junger Mann

[15] Abschiedsgruss auf Berndeutsch

[16] Abschiedsgruss auf Zürideutsch

[17] Junge Katze

[18] Tischfussballspiel

[19] Mofas

[20] Haschisch

[21] Vorortszug

[22] 200 bezieht sich auf die 200 Microgramm LSD, die in der Tablette enthalten waren.

23 Ernst

24 Fritz

25 Christian

26 Mobiles Bau-Klo, benannt nach einem damals bekannten Berner Bauunternehmen

27 Mofas

28 Grosse Klappe

29 getunt

30 Cornelia

31 Heinz

32 Kleines Nebengebäude eines klassischen Bauernhofs, wo traditionell die Eltern der Bauern wohnten

33 „Ganz Bern", Begriff für die „In-Szene"

34 Hinten offene Sandalen mit Holzsohle

35 Eine Art Vesper mit Brot, Käse und Wurst

36 August

37 Tragbare Panzerabwehrkanone

38 Samuel

39 Klarer Schnaps aus Kernobst

40 Effektentasche für die persönliche Habe der Soldaten

41 Christine

42 Bekannter Walliser Tischwein, gekeltert aus Pinot Noir und Gamay

43 Wasserfahrsport, bei dem die Boote mit langen Stangen bewegt werden

44 Elisabeth

45 In den Regionen Bern und Freiburg beliebter frischer Weisswein vom „Mont Vully" am Murtensee

46 Spiessbürger, auch „Füdlebürger" (Arschbürger) genannt

47 Karl Rupp

47 Pferdeschwanz

[49] Thailändische Hanfblüten, die um ein Zahnstocher-artiges Holz aufgewickelt waren und so verkauft wurden

[50] Wasserpfeife, gebaut aus einem Bambusrohr

[51] Silvia

[52] Martin

[53] Schneidezahn

[54] Joachim

[55] Damalige brasilianische Währung

[56] Frau auf Spanisch

[57] Frau auf Portugiesisch

[58] Landläufiger Name für die brasilianische Fussballnationalmannschaft

[59] Tee aus Blättern des Mate-Strauches, vornehmlich im südlichen Teils Südamerikas getrunken durch ein Metalltrinkrohr aus einer Kalabasse

[60] Kondome

[61] verarscht

[62] Gebrauchtwagen

[63] Berühmter Zwiebel(Jahr)markt in Bern. Findet immer am letzten Montag im November statt.

[64] Lassie – populäres indisches Joghurtgetränk

[65] Trockenfleisch, in der Graubündner Höhenluft getrocknet, aus den besten Teilen des Rindes

[66] Lebensgeschichte des historischen Samurai Miyamoto Musashi

[67] Gründete in den 70er Jahren die Sannyas-Bewegung und ein Ashram in Poona, Indien und nannte sich später Osho

[68] Zäpfchen oder Suppositorium – abgehen wie ein = übliche Redewendung für einen Energieschub

[69] Gläschen Champagner

[70] Kleines, eher billiges Küchenmesser

[71] FKK-mässig, nackt rumhängen

[72] Herr René beglückt uns heute ganz in Senf.

Zeitfracht Medien GmbH
Ferdinand-Jühlke-Straße 7
99095 Erfurt, Deutschland
produktsicherheit@kolibri360.de